Renate Schoof

Wiesenschaumkraut
und Zitronenfalter

Renate Schoof

Wiesenschaumkraut und Zitronenfalter

Erlebte Geschichten

Butzon & Bercker

Bibliografische Information der Deutschen Nationalbibliothek

Die Deutsche Nationalbibliothek verzeichnet diese Publikation in der Deutschen Nationalbibliografie; detaillierte bibliografische Daten sind im Internet über http://dnb.d-nb.de abrufbar.

Das Gesamtprogramm von Butzon & Bercker finden Sie im Internet unter www.bube.de

ISBN 978-3-7666-3672-0

© 2024 Butzon & Bercker GmbH,
Hoogeweg 100, 47623 Kevelaer, Deutschland,
www.bube.de
Alle Rechte vorbehalten.
Umschlagabbildung: © Aleyey Davlutas (Hintergrund),
Marina Lohrbach (Blumen), Laura Pashkevich (Zitronenfalter) –
alle: stock.adobe.com
Umschlaggestaltung: Tanja Manden, Kevelaer
Layout und Satz: Schröder Media GbR, Dernbach

Inhalt

5

Vorwort

Mutmach-Geschichten, die vom Miteinander in der Menschenfamilie handeln, von unvergesslichen Kindheitserlebnissen und vom Trost innerer Bilder: Sie bieten der Seele einen Ort zum Ausruhen und laden dazu ein, an den Freuden und Herausforderungen im Leben anderer teilzunehmen.

So unterschiedlich wie die Menschen, so vielfältig sind die Themen: Erzählt wird von Stunden, die bei einem Ausflug mit dem Enkelkind im Fluge vergehen, vom Entstehen einer Freundschaft und vom Gesundwerden. Eine Frau kann sich auf nachahmenswerte Weise von Belastendem lösen und ein Haifischzahn bekommt die Chance, sich als Mittel gegen Einsamkeit zu bewähren.

Literatur und Kunst schenken Schlüssel zum inneren Archiv, in dem Millionen Lebensminuten schlummern. Sie helfen, längst vergessen Geglaubtes – seien es

Bilder, Stimmen, Stimmungen oder Gefühle – wieder wahrzunehmen.

Viele der Geschichten durchzieht ein Gefühl von Dankbarkeit. Etwa wenn sich jemand nach langer Krankheit und depressiver Verstimmung wieder freuen kann. Oder wenn ein Psychotherapeut an seinem 70. Geburtstag an Menschen denkt, die ihm geholfen haben, mit seiner Hochsensibilität ein erfülltes Leben zu führen, das ihn befähigt, noch immer Menschen mit derselben Veranlagung zu helfen.

Aus der Sicht zweier Kinder wird von einem Heiligen Abend in den 1950er-Jahren erzählt, an dem sie versuchen, Schicksal zu spielen. Weihnachtliches erleben auch Bewohner eines Seniorenstifts, die über das Thema Engel in der Kunst und im eigenen Leben sprechen.

Rückblicke laden ein, selbst zurückzuschauen auf Begebenheiten und Ereignisse im eigenen Lebenslauf, die das Gedächtnis bewahrt hat und die in der Erinnerung wiederaufleben.

Karnevalsdienstag

Charlotte und Severin haben es sich an diesem milden Tag Ende Februar mit Sofakissen im Fenster ihrer Wohnung im Hochparterre bequem gemacht. Kostümiert als Clowns schauen sie auf das bunte Treiben, während die Jecken, die Karnevalisten und die Schülerinnen und Schüler der Grundschulen des Viertels, einfallsreich verkleidet, auf der Straße an ihnen vorüberziehen. Laut und fröhlich sorgen Kapellen mit den bekannten Liedern und Melodien für Stimmung. Während Severin leise mitsingt, spürt Charlotte Tränen aufsteigen, weiß selbst nicht so recht, wovon sie sich innerlich so berührt fühlt.

Als ihr Mann bemerkt, dass sie sich verstohlen die Nase putzt, legt er einen Arm um sie und zeigt auf eine Gruppe Schulkinder, die als Marienkäfer verkleidet um die Ecke biegen. Mit den Augen suchen die beiden nun unter den Jüngsten, den Erstklässlern, das Gesicht ihrer Urenkelin Amara. Das Mädchen hat die Urgroßeltern schon entdeckt und winkt übermütig mit beiden Armen zum Fenster hinauf.

Zurückwinkend flüstert Severin: „Man meint, unser Marienkäferkind könnte fliegen, wenn es nur wollte." Tatsächlich fliegen von Hand und Lippen der kleinen Amara gepustete Kusshändchen durch die Luft zu Uroma und Uropa.

Nicht nur Karnevalsmusik und Kusshände fliegen in das weit geöffnete Fenster, auch Kamelle, Strüssje, sogar ein handfester Pralinenkarton, geworfen von Charlottes heimlichem Verehrer, dem ehemaligen Bäckermeister, in einem Clownskostüm wie sie beide. Auch er gehörte einmal zu den Geschäftsleuten des Viertels. Gehörte. Denn seine Bäckerei ist längst verkauft. Er hat sich aufs Altenteil zurückgezogen. Scherzhaft sagt er das, wenn er abends nun lange mitfeiern kann, weil kein Wecker ihn mehr um zwei Uhr am frühen Morgen zum Brot- und Brötchenbacken weckt.

Die Apotheke, die Severin und Charlotte lange geführt haben, ist in der Familie geblieben. Mit Freude und einer Art Heimweh nach vergangenen Jahren sehen sie ihre Tochter Ilona im Kreise der Angestellten die lustig geschmückte Drehorgel, das Karnevals-Markenzeichen ihrer Apotheke, heranschieben. Fast alle Mitarbeiterinnen kennen sie noch. Auch ihre Enkelin Anne, die mittlere von Ilonas Töchtern, hat es sich nicht nehmen lassen, dabei zu sein. Sie studiert Pharmazie und jobbt oft und gern im Familienunternehmen, hört interessiert zu, wenn Oma und Opa von früher erzählen. Da gibt es viele Geschichten, denn schon Severin hatte die Apotheke von seinem Vater geerbt.

Von den als Clowns verkleideten Apotheken-Mitarbeitern rund um die Drehorgel werden – wie in jedem Jahr – Kindern und Erwachsenen, die auf beiden

Bürgersteigen dem Zug zujubeln, die singend und lachend mitfeiern, Hustenbonbons zugeworfen. Wer noch mehr Glück hat, als eins davon zu fangen, erwischt Minipackungen mit Papiertaschentüchern, Heftpflaster, Pröbchen von Hautcremes und andere harmlose Apothekenartikel.

Severins Großvater hatte die Drehorgel in den Wirren nach dem Ersten Weltkrieg irgendwo günstig aufgetrieben, und Severin hatte sie dann, ein wenig aufgemöbelt, irgendwann als kleine Attraktion in den Karnevalsumzug integriert.

„Alles wie in jedem Jahr", sagt er nachdenklich.

„Nur, dass wir zum ersten Mal nicht mehr mitgehen", antwortet Charlotte leise.

Wie gern hatte sie Kindern Hustenkamelle zugeworfen oder gleich ins ausgestreckte Händchen gedrückt, hatte ein Auge für die gehabt, die kleine Geschenke besonders nötig hatten. Das Gefühl für Armut hatte sie in ihrer Kindheit erworben, war sie doch als kaum Siebenjährige mit ihrer Mutter und der jüngeren Schwester nach dem Krieg als Vertriebene nach Westdeutschland gekommen. Die Menschen in den zerbombten Städten teilten damals Lebensmittel und Heizmaterial ebenso wie den wenigen Wohnraum schon mit Millionen Flüchtlingen aus Ostpreußen und wer weiß woher – und nun kamen noch einmal ebenso viele Vertriebene aus Schlesien hinzu.

Bei einem Großonkel, der selbst beengt lebte, hatten sie Unterschlupf gefunden. „Wir leben. Und das ist die Hauptsache." Mit diesen Worten hatte sich die Mutter immer wieder Mut gemacht. Zu essen gab es Brennnesselgemüse und Löwenzahnsalat. Auf Hamstertouren versuchten sie, eine Speckseite, Kartoffeln, Rüben, ein paar Eier zu ergattern, aßen gemeinsam mit dem im Ersten Weltkrieg schwer kriegsbeschädigten Großonkel, wärmten sich zusammen am Herd in der Küche. Und nach und nach hatten sie Ohrringe, Halsketten und Broschen, sogar den Ehering seiner verstorbenen Frau bei den Bauern gegen Überlebenswichtiges eintauschen dürfen.

Ein paar geschenkte Bonbons waren zu jener Zeit der Himmel. So hatte sie sofort verstanden, als jemand sagte, Kamelle und Strüssje, die bei Karnevalsumzügen geworfen werden, wären eine Vorwegnahme paradiesischer Zustände: Süßigkeiten und Blumen fallen vom Himmel. Bei jedem in den Schmutz getretenen Bonbon muss sie daran denken.

„Du bist so still." Fragend sieht Severin seine Frau an.

Weil sich der Zug inzwischen ohnehin seinem Ende nähert, steht sie schwerfällig auf, spürt ihren Rücken. „Mir gehen meine ersten Eindrücke vom Karneval durch den Kopf. Du weißt ja, das waren ganz neue Bräuche für mich. Bevor du mich hierher geholt hast, kannte ich so etwas ja gar nicht."

Severin legt die Kissen sorgfältig zurück auf das Sofa, schließt das Fenster und dreht die Heizung wieder höher.

In der Küche stellt Charlotte die Kaffeemaschine an. Alles ist vorbereitet. Sie erwarten ihre Tochter Ilona und den kleinen Maikäfer Amara zum Kaffeetrinken. Der Tisch ist schon mit dem schönen Meißener Porzellan gedeckt. Um die Strüssje, kleine Gebinde aus einer Blüte und einen Zweig Grün, die an einen schmalen Palmwedel erinnern, dazuzustellen, sucht sie eine passende Vase heraus.

Beim Aufschneiden des Kuchens ist ihr die Vergangenheit näher als die Gegenwart. Es gab so viele Wunder und wunderbare Momente in ihrem Leben, an die sie denken muss. Der Kaffeeduft, der sich in der Küche ausbreitet, zaubert den Augenblick herbei, als der Vater aus Krieg und Gefangenschaft zurückkehrte.

15

Obwohl sie schon neun Jahre alt gewesen war, hatte er sie auf den Schoß genommen, während die Mutter aus den kostbaren Kaffeebohnen, die sie für einen besonderen Zweck aufgehoben hatte, Kaffee aufbrühte.

In den Monaten danach trug der Vater mit seiner Tatkraft dazu bei, vieles zum Besseren zu verändern. Ihr hatte er deutlich gemacht, wie wichtig es war, zu lernen, hatte Freude an ihrem Können und an ihrem Fleiß gehabt. Ihren Neigungen entsprechend war sie nach dem Schulabschluss Apothekenhelferin geworden, eine Berufswahl, die den Grundstein zu ihrem Glück gelegt hatte.

Während sie Kakao für Amara zubereitet, fällt ihr die erste Begegnung mit Severin ein. Um außerhalb der Familienapotheke berufliche Erfahrungen zu sammeln, war er nach seinem Pharmaziestudium für ein Jahr in die Apotheke gekommen, in der sie arbeitete. Zwischen ihnen hatte es sofort gefunkt. Gern hatte sie dem jungen – für norddeutsche Verhältnisse recht übermütigen, stets zum Lachen aufgelegten – Kollegen die Stadt gezeigt, in der sie inzwischen heimisch geworden war. In ihrer Familie war er gut aufgenommen worden und bald hatten sie begonnen, eine gemeinsame Zukunft zu planen. Da schrieb ihr sein Vater einen bösen Brief: Severin sei so gut wie verlobt mit einer Nachbarstochter, die auf ihn warte; und im Übrigen sei bei ihnen eine evangelische Schwiegertochter unerwünscht.

Statt ihrer hatte Severin auf den Brief geantwortet und durch Vermittlung seiner Mutter durfte sie, als er nach dem Jahr heimkehrte, „auf Bewährung" in der Apotheke der Schwiegereltern arbeiten. Bis ihre Leistungen anerkannt und sie als Mensch wahrgenommen wurde, war das eine schwere Zeit für sie gewesen – und eigentlich erst mit der Geburt eines Enkelsohnes hatte sie das Herz des Patriarchen gewonnen. Severins Mutter, die ihr von Anfang an zugetan gewesen war, sagte damals den schönen Satz: „Jede Herausforderung macht das Herz weiter."

Das Gesicht von Kathrin, ihrer ältesten Enkelin, taucht vor ihrem inneren Auge auf. Als sie vor Jahren, um ihren Freund Amadou, einen Künstler aus dem Senegal, zu heiraten, den islamischen Glauben annehmen wollte, hatte sie selber diesen Satz zitiert, um zwischen Kathrin und deren Vater, ihrem Schwiegersohn Udo, zu vermitteln. Für Udo, den Ehemann ihrer Tochter Ilona, brach damals seine kleine heile Welt zusammen. Doch zum Glück gehört Amadou inzwischen ganz selbstverständlich zur Familie, dekoriert auch ab und an mit ganz besonderem Pfiff das Schaufenster der Apotheke – und als erste Enkelin und Urenkelin ist Amara ein Geschenk für alle.

Das Klingeln an der Tür bringt Charlotte zurück in die Gegenwart. Sie hört Severin die Wohnungstür öffnen, hört das Lachen von Amara und Ilona im Flur. Von Herzen froh und dankbar für die Schicksalsfügungen, die sie erleben durfte, gießt sie den Kakao in eine besonders schöne bunte Kanne. Auch der Kaffee ist längst durchgelaufen.

Wiesenschaumkraut und Zitronenfalter

Dass sie mit Ingrid einmal eine Ausstellung aufbauen würde, hätte Dagmar sich nicht träumen lassen. Doch nun sitzen sie als letzte und einzige Gäste an einem Frühlingsabend in Lorettas Café.

Vor ihrem inneren Auge sieht Dagmar sich mit der anderen in einer Art Doppelporträt: zwei ältere Damen vor handgetöpfertem Teegeschirr. Oft gerinnen in ihrer Vorstellung Augenblicke, die sie festhalten möchte, zu Gemälden, die sie später realisiert.

Sie ruft sich zur Ordnung. Vor ihnen auf dem Tisch liegen Bilder, die im Malkurs entstanden sind: farbenfrohe Aquarelle und mit Tempera oder Acrylfarben gestaltete Landschaften. Großformatiges lehnt an der Wand, etwa ein Ölbild mit dem Titel „Frühlingsgewitter". Dahinter hat sie das für sie wichtigste und schönste Bild, das in den letzten Monaten entstanden ist, versteckt.

Bevor sie mit der Endauswahl und dem Aufhängen beginnen, stärken sie sich mit einem Stück Holunderblütengeleetorte und einer Tasse Tee aus der Thermoskanne; Torte und Tee hat ihnen Loretta, die Inhaberin des Cafés, kredenzt, als sie ihnen den Schlüssel gab, um Feierabend zu machen.

Es ist ganz still im Raum, und Dagmar genießt den Moment der Ruhe. Seit Tagen sucht sie nach Argumenten, mit denen sie Ingrid überzeugen kann, ihr Bild „Wiesenschaumkraut und Zitronenfalter" auszustellen.

Denn während andere Teilnehmerinnen des Fortgeschrittenenkurses gern all ihre Arbeiten, selbst die weniger herzeigbaren, hier aufgehängt sehen würden, scheut Ingrid die Öffentlichkeit. „Ich male für mich", hat sie einmal gesagt, „meine Bilder sind wie Träume, Geschenke meiner Seele."

Unwillkürlich wandern Dagmars Gedanken zurück zu dem Tag, an dem Ingrid vor vielen Monaten ihr Atelier betrat: eine eher unauffällige Frau, vielleicht Mitte siebzig, wie sie selber, im Auftreten nicht direkt unfreundlich, aber seltsam unerreichbar, verschlossen, im wahrsten Sinne des Wortes unnahbar. Es war der erste Abend eines Anfängerkurses gewesen. Und wie von einer Schutzmauer umgeben, arbeitete diese Ingrid – im Kurs war es üblich, sich mit dem Vornamen anzureden – fortan fast versteckt in einem Eckchen, mal an dem kleinen Tisch, der dort stand, mal an der Staffelei.

Im Einführungskurs üben die Frauen den Umgang mit verschiedenen Malmitteln, experimentieren mit Formaten und Techniken. Ingrid gelangen damals auf Anhieb kleine, wenn auch düstere Kunstwerke, die genauso unzugänglich wirkten wie ihre Schöpferin.

Deutlich erinnert Dagmar sich an ihre Freude, als diese eigenwillige Frau dann auch in die Kurse für Fortgeschrittene kam. Ingrid schien die Atmosphäre und die Geborgenheit ihres Platzes in dem Eckchen des Ateliers zu brauchen. Fokussiert ignorierte sie alles um sich her, um Bilder der berühmten Künstlerin Maria Sibylla Merian zu kopieren: Pflanzen, Blüten und die Metamorphosen eines Falters von der Raupe über die Puppe hin zum schwebenden Schmetterling.

Mit ihrem Eiverständnis malte Ingrid längst auch außerhalb der Kurszeiten im Atelier. Die Bilder wurden farbenfroher und größer. Schritt für Schritt gelang ihr die Ablösung vom Vorbild. Und irgendwann entstanden dunkelbunte Pfauenaugen und strahlend gelbe Zitronenfalter. Es folgten Skizzen und Bilder, auf denen ein geöffnetes Fenster den Blick in den Himmel freigab.

Als Ingrid sich Tee nachgießt und fragt: „Du auch?", kehrt Dagmar in die Gegenwart zurück. „Nein danke", sagt sie und gesteht: „Ich denke darüber nach, was ich tun kann, damit du dein großes Bild ausstellst." Um einer erneuten Ablehnung zuvorzukommen, fährt sie rasch fort: „Es ist mit Abstand das Wichtigste und Schönste, was je in einem Kurs von mir entstanden ist." Mit dem Brustton der Überzeugung fügt sie hinzu: „Es macht den Betrachter glücklich. Deshalb gehört es in die Öffentlichkeit."

Ein paar Wochen später sitzen Dagmar und Ingrid wieder im Café. An einem Nachmittag im Mai feiern sie mit Tee und Torte Dagmars 76. Geburtstag, sie beide ganz allein.

Im Café ist es heller geworden, seit man – wie durch ein offenes Fenster – in den Frühlingshimmel schauen kann. Täuschend echt gemalt, steht auf dem Fensterbrett davor ein einfaches Wasserglas mit Wiesenschaumkraut, blasslila Blüten auf anmutigen Stängeln mit Fiederblättern. Ein Windzug scheint die leichte Gardine zu bewegen.

Einige Betrachter erinnert das Bild entfernt an Salvador Dalís Gemälde von der Frau am Fenster. Allerdings gibt es hier keinen Menschen. Mit seinen gelben Flügeln, auf denen ein winziger roter Punkt leuchtet, schwebt ein Zitronenfalter vor luftigem Himmelsblau.

Dagmar zuliebe hat Ingrid zugestimmt, das Werk auszustellen, anonym, wodurch es von einer Aura des Geheimnisvollen umgeben ist.

Nachdem das Bild neben einem Artikel zur Vernissage in der Zeitung zu sehen war, hat sich eine Galeristin gemeldet, um dem Schöpfer der Arbeit einen Vertrag anzubieten; auch haben verschiedene Kaufinteressenten erkleckliche Summen dafür geboten.

Loretta sammelt diese Offerten und gibt sie an Ingrid weiter, die mittlerweile öfter ins Café kommt, vielleicht um still zu lauschen, wenn über ihr Bild gesprochen wird.

An solch mitgehörten Gesprächen lässt Ingrid Dagmar nun teilhaben. Und die nimmt staunend die neue lockere Beredsamkeit ihrer Lieblingsschülerin wahr. „Immer wieder steht das Wiesenschaumkraut im Mittelpunkt von Erinnerungen", berichtet Ingrid. „Ein älterer Herr erzählte seiner Frau, dass er in seiner Kindheit manchmal einen Strauß davon für seine Mutter gepflückt hat." Nachdenklich fügt sie hinzu: „Die Art, in der er das sagte, berührte mich so, dass ich fast weinen musste. Es sprach so viel kindliche Liebe für die gewiss längst verstorbene Mutter daraus. Vermutlich durch dieses Berührtsein erinnerte auch ich mich wieder daran, meine Mutter im Frühling mit Wiesenschaumkraut erfreut zu haben."

Vor Dagmars innerem Auge erscheint ein aufregendes Kindheitserlebnis. Gern hätte sie erzählt, wie sie am frühen Morgen eines Muttertags beinahe beim Fliederklauen erwischt worden war, wie sie sich mit klopfendem Herzen verstecken musste – und dass die Freude der Mutter an dem duftenden Strauß die Angst tausendmal wettmachte. Doch sie sagt nichts, weil sie Ingrid zuhören möchte. Wie auf ihren Bildern aus Knospen Blüten werden, Raupen sich verpuppen, um als Schmetterlinge davonzufliegen, scheint auch sie aus alten Hüllen geschlüpft zu sein. Alles an ihr, nicht nur das hellgrüne Kostüm, zeugt von einem ganz neuen Selbstbewusstsein. Amüsiert hatte Ingrid erzählt, wie sie das Teil, auf der Suche nach einem passenden Outfit für diese Einladung, im Second-Hand-Laden gefunden hatte.

Nachdem sie so lebhaft über die Erinnerungen gesprochen hat, die ihr Bild ausgelöst hat, möchte Ingrid Dagmar zwei neue Bilder zeigen, möchte hören, was sie davon hält. Kurzerhand schiebt sie die Kuchenteller beiseite, um Platz für die beiden kleinen Gemälde zu schaffen, die eingewickelt auf dem leeren Stuhl neben ihr gelegen haben.

Eins der Bilder zeigt, ähnlich dem großen vielbeachteten, ein offenes Fenster, durch das man in den Himmel schauen kann. Vom intensiven Blau des Kosmos spiegelt sich ein wenig in den Punkten eines Pfauenauges, das auf die violetten Blüten eines Veilchens zuzufliegen scheint. Mit herzförmigen Blättern wächst die Blume in einem Blumentopf, dessen helles Braun mit der Farbe der Vorhänge korrespondiert.

„Das würde ich sofort für das Café kaufen", sagt Loretta im Hinzukommen und setzt sich auf den frei gewordenen Stuhl.

Auch Dagmar gefällt es, allerdings findet sie das zweite Bild spannender. Bemooste Steine verwandeln sich sukzessive in grüne, orangefarbene und gelbe Blätter, von denen einige zu Blüten und andere zu Vögeln werden, die sich wiederum in Wolken aufzulösen scheinen.

Ingrid spürt Dagmars Begeisterung für ihr surrealistisches Experiment. „Das habe ich für dich gemalt", sagt sie mit einem kleinen Lachen. „Zum Geburtstag. Vor allen aber, weil ich durch dich meinen Lebensmut wiedergefunden habe."

Um nicht zu stören, steht Loretta auf. Doch Ingrid hält sie zurück. „Das kleine Fensterbild ist für dich und das Café." Und an Dagmar gewandt, gesteht sie: „Weil ich weiß, dass du Mühe hast, die Heizkosten für das Atelier aufzubringen, habe ich mich entschlossen, Bilder zu verkaufen." Sie zeigt auf das große an der Wand. „Nach der Ausstellung wird es im Tagesraum des Seniorenheims hängen."

„Bezahlt wird es von einer dort lebenden wohlhabenden Seniorin, die in das Bild ganz vernarrt ist", verrät Loretta, die den Kontakt vermittelt hat. Und holt nun endlich das Tablett mit den gefüllten Gläsern vom Tresen. „Damit sollten wir anstoßen, bevor der Sekt warm wird", sagt sie in ihrer unkomplizierten Art.

Ausnahmezustand

„Zu den Wildschweinen!", wünscht sich Jonas, als er mit seiner Großmutter auf dem Fußweg vor dem Haus steht, in dem er mit seiner Mutter lebt. Für dieses Ziel nimmt er es in Kauf, „wie ein Baby" im Fahrradanhänger gefahren zu werden. An anderen Tagen begleitet er Oma Gitte auf seinem Kinderfahrrad. Doch die Steigung hinauf auf den Berg zu dem Wildgehege würden seine kleinen Beine noch nicht schaffen. Selbst die sportliche Großmutter braucht für den Ausflug „Daniel Düsentriebs Hilfe". So nennen die beiden den Elektroantrieb an ihrem Pedelec.

Als Oma Gitte zustimmend nickt, holt er verschmitzt eine Tüte hinter seinem Rücken hervor. „Eicheln", verrät er. „Hab ich mit Mama im Park gesammelt."

„Da wird sich Murkelruff freuen", meint Oma Gitte.

„Murkelruff" hat Jonas seinen Lieblingsfrischling getauft. Es scheint so, als ob zwischen ihm und dem jungen Wildschwein eine besondere Verbindung besteht.

Erst einmal genießen die beiden die Fahrt durch den Wald. Seit ein Virus unterwegs ist, das die Atmung von Erkrankten beeinträchtigt, atmet Gitte noch bewusster die gute Luft auf dem Weg zwischen den Ahornbäumen, den Eschen und Buchen, deren Laub in der Sonne glänzt. Hinter sich hört sie ihren Enkel in einer ganz eigenen Sprache nach einer offenbar selbst erfundenen Melodie etwas singen; vielleicht ist es auch ein Lied, das er im Kindergarten gelernt hat und das sie nicht kennt.

Gestern haben sie in dieser Gegend etwas abseits des Hauptweges ein Waldveilchen ausgegraben. Jonas hatte nicht eher Ruhe gegeben, bis sie mit einem schlechten Gewissen und gegen das Gesetz seinem Drängen nachgegeben hatte.

„Mama soll sich freuen!", hatte er immer wieder gesagt. Das war natürlich ein Argument. Zu Hause hatten sie dann zu dritt dem Veilchen eine neue Heimat in einem Blumentopf auf der Fensterbank gegeben.

Gitte versteht sich gut mit ihrer Schwiegertochter, unterstützt sie, wo es nur geht, und jetzt, wo sie wegen der Corona-Maßnahmen zu Hause arbeiten muss und der Kindergarten vorübergehend geschlossen ist, unternimmt sie täglich etwas mit dem Enkel, der es liebt, mit ihr unterwegs zu sein.

Mit Hilfe des Elektroantriebs ist die Hochebene des kleinen Berges, an dessen Fuß der Ausflug begann, bald erreicht. Und kaum hat Gitte das Fahrrad an der Stelle, wo sie es immer parkt, zum Stehen gebracht, steigt Jonas behände aus dem Anhänger. „Es riecht nach Maggi", ruft er fröhlich. Tatsächlich. Der Wind trägt den typisch würzigen Geruch der Wildschweine zu ihnen herüber. Während Gitte das Fahrrad abschließt und den Anhänger sichert, rennt Jonas schon in Richtung Gehege. Dort wird er, wie seine Großmutter aus der Entfernung beobachten kann, nicht nur von Murkelruff herzlich begrüßt, sondern auch von dessen Brüdern und Schwestern.

Der Liebling ihres Enkels ist daran zu erkennen, dass er etwas kleiner ist und von den anderen oft beiseitegedrängt wird, wenn es etwas zu futtern gibt. Weil Jonas das nicht fair findet, wirft er eine Handvoll Eicheln so weit ins Gehege, wie seine Kräfte ausreichen, und flüstert dem kleinsten Frischling etwas zu. Wahrscheinlich signalisiert er ihm: „Bleib du hier." Murkelruff scheint zu verstehen und bekommt seine Ration direkt am Zaun, wohin allerdings seine jungen Artgenossen rasch zurückkehren. Jonas' Eicheln waren nicht weit genug geflogen, um sie länger abzulenken.

Gitte, die sich gern im Hintergrund hält, damit Jonas lernt, sich eigenständig in Situationen zurechtzufinden, beobachtet, wie ein älterer Herr von der Bank, auf der er, mit dem Smartphone in der Hand, gesessen hatte, aufsteht und Jonas anbietet, einige Eicheln richtig weit ins Gehege zu werfen. Bereitwillig hält Jonas ihm die Tüte mit den Eicheln hin. Und wirklich, die nächste Handvoll landet weit hinter dem schlammigen Tümpel, in dem sich die Tiere so gern suhlen.

Murkelruff scheint intelligent genug, das Ziel des Manövers zu erfassen. Denn während alle Frischlinge rennen, was die kurzen Beine hergeben, lässt er sich von Jonas mit Eicheln füttern – fast wie ein kleiner Hund, der Leckerli mit der Schnauze auffängt. Ehe die anderen zurückkehren, wirft der freundliche Herr noch einmal Eicheln in deren Richtung, damit die beiden am Zaun noch ein wenig Ruhe vor den anderen haben. Dann setzt er sich wieder auf die Bank und vertieft sich in die Beschäftigung mit seinem Smartphone. Obwohl inzwischen alle mitgebrachten Eicheln verfüttert sind, bleibt Murkelruff und schaut Jonas an. Fast scheint es so, als seien die beiden in ein manchmal hörbares und manchmal stummes Gespräch vertieft.

„Ich hoffe, Sie haben nichts dagegen", sagt Gitte, als sie sich mit dem amtlich geforderten Abstand von eineinhalb Metern auf die Bank setzt. Leise, um ihn nicht zu stören, fügt sie hinzu: „Langes Stehen nimmt mein Rücken übel." Verstehend blickt der ältere Herr sie an und nickt.

Es macht Gitte Freude, ihrem Enkel zuzuschauen, wie er mit seinem kleinen Freund, der auf der anderen Seite des Gatters neben ihm hin- und herläuft, in Kontakt bleibt. Mitunter wandern Kräuter, die Jonas am Wegrand findet, durch die Maschen des Zauns, vor allem Löwenzahn und Spitzwegerich.

Nach einer Weile verstaut der ältere Herr das Smartphone in einer Tasche. „Früher habe ich Menschen, die sich in der Natur mit ihrem Smartphone beschäftigen, nicht verstehen können, ja ich habe sie innerlich als Banausen verurteilt", beginnt er ein Gespräch.

„Mit geht es ähnlich", gibt Gitte zu. „Noch weniger verstehe ich, wenn Menschen mit einem kleinen Kind unterwegs sind, warum für sie Botschaften von irgendwoher wichtiger sind als das Kind an ihrer Seite."

„Die Botschaften, die ich empfange, kommen von meiner Frau", erklärt der Mann. „Und ich beantworte sie möglichst gleich. Sie wohnt nämlich in einem Pflegeheim und leidet darunter, dass wir uns durch die Corona-Maßnahmen so viel seltener als sonst sehen können." Er berichtigt sich: „Wir leiden beide darunter." Dann erzählt er: „Meine Frau ist nach zwei Schlaganfällen auf einen Rollstuhl angewiesen und braucht mehr Hilfe, als ich ihr geben kann. Vor Corona war es für uns kein Problem, dass sie im Heim aß und schlief und ich zu Hause in unserer Wohnung. Wir verbrachten viele Stunden des Tages miteinander, hörten Musik, lasen zusammen die Zeitung oder auch jeder in einem Buch. Immerhin konnten wir auf diese Art unsere Gemeinsamkeit fortsetzen. Bewusst hatten wir uns für eine Einrichtung entschieden, die ich in wenigen Minuten zu Fuß erreichen kann."

„Wie gut, dass Sie eine Form gefunden haben, sich nah zu bleiben", versucht Gitte ihn zu trösten.

„Dafür ist das Smartphone natürlich wie geschaffen", gibt ihr der ältere Herr recht. „Ein Junge aus unserem Haus hat mir beigebracht, damit umzugehen. Er freute sich, etwas für uns tun zu können, weil meine Frau ihm vor ihrer Erkrankung oft bei den Hausaufgaben geholfen hat."

Obwohl Gittes Augen bei Jonas und Murkelruff sind, spürt der Mann wohl ihr Interesse. „Meine Frau konnte zum Glück schon vor den Schlaganfällen ziemlich gut mit dem Ding umgehen", sagt er. „Sie hatte es gelernt, um mehr Kontakt zu unserer Enkeltochter und den Urenkeln zu haben." Lächelnd fügt er hinzu: „Nun ist es ein Band, das uns während aller Widrigkeiten beieinander sein lässt."

Die Unterhaltung wird unterbrochen, weil Jonas zur Bank kommt. „Ich habe ganz schrecklichen Hunger", sagt er. Obwohl Gitte es noch recht früh für das zweite Frühstück findet, holt sie die Brotdose hervor. „Das Butterbrot oder ein Stück Apfel?", fragt sie.

Weil Jonas Blick zu Murkelruff wandert, der vom Zaun aus erwartungsvoll herüberschaut, mischt sich der ältere Herr ein. „Wusstest du eigentlich, dass die Wildschweine Bauchweh bekommen, wenn sie ein Butterbrot oder einen Apfel essen?" Jonas schüttelt stumm den Kopf. Dann beißt er selbst in das Brot, das ihm die Oma in einer Serviette in die Hand gedrückt hat. Nach einem zweiten Biss legt er es zurück. Es war wohl tatsächlich für seinen unersättlichen Freund bestimmt gewesen, den Jonas zum Zaun zurückkehrend nun wieder mit Löwenzahnblättern füttert.

Der ältere Herr erzählt von der Vereinsamung einiger Menschen, mit denen sich seine Frau vor den einschränkenden Maßnahmen angefreundet hatte. „Alle Gemeinschaftsangebote fallen aus, seien es die Sitzgymnastik, der Gesprächskreis oder die Spielnachmittage, selbst die kleine Bibliothek des Heims ist geschlossen." Er atmet tief durch und sagt: „Für Menschen ohne sorgende Angehörige gibt es einfach zu wenige Ansprechpartner. Da sind nur die völlig überforderten Pflegerinnen und Pfleger."

„Und die tragen Masken, was die Kommunikation nicht gerade fördert", meint Gitte, daran denkend, wie oft die Bäckereiverkäuferin nachfragt, wenn sie mit der Mund-Nasen-Bedeckung ihre Wünsche nach Brot oder Kuchen nicht laut genug äußert.

Ihr kommt eine Idee: „Könnte es helfen, wenn ich hin und wieder – oder auch regelmäßig – mit einer der Damen telefonieren würde?", erkundigt sie sich.

„Das würden Sie tun?" Freudig überrascht schaut der Mann sie an.

„Ich könnte es probieren", erwidert sie und schlägt vor: „Ihre Frau gibt einer der Damen meine Telefonnummer mit dem Hinweis, dass sie mich anrufen kann, wenn sie sich eine Gesprächspartnerin wünscht." Gitte kramt eine ihrer Visitenkarten aus dem Portemonnaie. Mit dem Kopf in Jonas Richtung zeigend, erklärt sie: „Tagsüber bin ich voll ausgelastet. Doch in den Abendstunden hätte ich Zeit und auch Freude daran, immer mal wieder ein solches Gespräch zu führen."

Wie so oft hat Jonas bemerkt, dass seine Großmutter an ihn gedacht hat. Schon steht er vor der Bank und fragt: „Gehen wir nun endlich zu den Hirschen?"

„Klar", sagt Gitte. „Die warten doch bereits auf uns."

„Es hat gutgetan, Ihnen und Ihrem Enkel zu begegnen", verabschiedet sich der Mann.

„Grüßen Sie Ihre Frau", antwortet Gitte. „Und danke für den ganz neuen Blick auf Smartphones und ihre Benutzer."

Unterwegs zur Wiese, auf der das Damwild grast, gehen Gittes Gedanken eigene Wege. Wenn Telefonkontakte Menschen im Seniorenheim guttun, könnte sie die Freundinnen, mit denen sie sich in normalen Zeiten alle vierzehn Tage zum Kaffeetrinken trifft, motivieren, auch eine solche Patenschaft zu übernehmen. Möglicherweise haben auch einige Damen ihres Englischkurses oder ihrer Sportgruppe Zeit und Lust, für ein bisschen weniger Einsamkeit im Seniorenheim zu sorgen, jetzt, während so vieles ausfällt und manch einer ihrer alleinstehenden Freundinnen die Zeit lang werden könnte.

Unterwegs in einen neuen Frühling

Sie schaut durch das Fenster ihres Zimmers in den Park der Reha-Klinik. Obwohl sie sich schwer und antriebslos fühlt, zwingt sie sich, einen Mantel anzuziehen und hinauszugehen. Die frische Luft wird ihr guttun.

Für den Spaziergang wählt sie einen vertrauten Weg und gerät – unter einem Himmel so grau wie ihre Stimmung – rasch wieder ins Grübeln. „Tief in Ihrem Innern steckt noch so etwas wie Todesangst, eine Art vegetative Angst, die Ihnen gar nicht bewusst zu sein braucht", hat die Ärztin vorhin gesagt. „Meiner Ansicht nach ist das der Grund dafür, dass Sie seit der Operation nicht mehr tief schlafen können. Etwas in Ihnen traut sich nicht loszulassen." Das leuchtet ihr ein. Deshalb gehen ihr die Worte nicht aus dem Kopf. Äußerlich fühlt sie sich eigentlich ganz ruhig und auf dem

Weg der Besserung. Sie ist dankbar für die Zeit im Windschatten der Klinik. Auf langen Spaziergängen durch den Wald versucht sie Kraft zu tanken.

Wären da nur nicht die Nächte, in denen sie beim kleinsten Geräusch aufwacht und dann quälend lange wach liegt, ja in den Morgenstunden überhaupt keinen Schlaf mehr findet. Ihr Hausarzt hatte erklärt, ältere Menschen brauchten weniger Schlaf. Nach dem siebzigsten Lebensjahr nähmen nachts die Wachphasen zu, und auch früh um vier munter zu sein, sei in ihrem Alter völlig normal. Fünf Stunden Schlaf seien für die meisten älteren Menschen ausreichend.

„Das mag ja sein", denkt sie unglücklich, „aber auf mich trifft das nicht zu." Die Unausgeschlafenheit zermürbt sie, lässt sie unkonzentriert, vergesslich, gereizt, nervös und empfindlich sein. Oft fühlt sie sich richtiggehend durchsichtig, unfähig, ihren Alltag zu bewältigen. Eigentlich traut sie sich schon eine ganze Weile nicht mehr zu, die Verantwortung für Max und Luca, die beiden lebhaften Enkel, zu übernehmen, und sei es auch nur für ein paar Stunden. Um ihre Tochter zu entlasten, hat sie die beiden bisher an drei Tagen der Woche vom Kindergarten abgeholt. Seit sie nicht mehr tief schläft, strengt sie das übermäßig an.

Schlaflosigkeit ist ihr unerträglicher Begleiter geworden. Beruhigungstees haben ihr genauso wenig geholfen wie Baldriantropfen oder Passionsblumen-Dragees. So viele Hausmittel hat sie ausprobiert. Ein halbes Jahr ist eine lange Zeit. Sie hat Tipps von Leidensgenossinnen und von Fachleuten befolgt. Doch weder warm-kalte Fußbäder, Entspannungs-CDs noch autogenes Training oder sonst etwas brachten ihr den ersehnten Schlaf. Und die ausgedehnten Waldspaziergänge leider auch nicht.

Am Nachmittag steht Heileurhythmie auf ihrem Reha-Plan. Erwartungsvoll betritt sie die besondere Welt des freundlichen Therapeuten, der ihr vom ersten Moment an Vertrauen einflößt. Geduldig zeigt er ihr Übungen, leitet sie an, Bewegungen ihrer Arme und Beine von innen heraus kommen zu lassen. Manchmal murmelt er Kinderverse fast wie Zaubersprüche. Er wirkt auf sie wie ein Weiser, der mit uraltem Wissen mit seinen Patienten Rituale vollzieht, die sie ins Leben zurückführen. Ruhe geht von ihm aus und eine Heiterkeit, die in tiefem Lebensernst wurzelt. „Ein Teil von Ihnen möchte sterben", sagt er. „Aber Ihre Zeit ist noch nicht gekommen. Sie sind gesund geworden, um noch eine Weile zu bleiben. Sie sollen leben."

Er zeigt ihr Bilder von der Gottesmutter, die so liebevoll ihr Kind hält, wie es wohl jede glückliche Mutter tut. Ist es nicht das Gemälde von Raffael, das sie früher als kitschig abgetan hat? Oder ist

es eine Ikone? Das ist jetzt völlig gleich-
gültig. Der Therapeut möchte ihr zeigen, dass auch sie sich liebevoll gehalten
fühlen und Vertrauen zum Leben fassen
darf.

Sie bemerkt erst auf dem Weg zu ihrem Zimmer, dass sie die Zeit überzogen
haben. Und auch, dass er so lange mit
ihr gearbeitet hat, bis etwas in ihr um-
schaltete. Bis sie wieder richtig fest auf
ihren Füßen stand. Ihr schien, als wäre
in ihr durch die Krankheit etwas durch-
einandergeraten, das in dieser Thera-
piestunde zurückgefunden hat in seine
Ordnung. Oder war ihr das eigene Leben schon lange vor der bedrohlichen
Diagnose, vor der Operation und alldem
nicht mehr lebenswert erschienen?

Vielleicht hat der Therapeut sie von
ihrem unbewussten Todeswunsch geheilt. Auch vor der Krankheit war ihr oft
alles zu viel gewesen. Nun erst fällt ihr
ein, wie groß damals ihr Wunsch danach
war, ohne jede Erklärung aus dem All-

tag aussteigen zu können. Die Krankheit hatte ihr den Wunsch erfüllt. Und etwas in ihr hatte nicht zulassen wollen, dass sie nach Operation und Reha bald in ein Leben mit allzu vielen Pflichten zurückkehrt. Darüber wird sie nachdenken und auch darüber, wie sie ihr Pensum reduzieren kann.

„Legen Sie sich in Ihrem Zimmer eine halbe Stunde hin", hat der Therapeut zum Abschied gesagt. Tatsächlich fühlt sie sich auf eine gute Art müde.

Kaum hat sie sich wohlig im Bett ausgestreckt, schläft sie ein. Fast eine Stunde lang schläft sie tief und fest, und als sie aufwacht, hat sie das Gefühl, es sei Frühling geworden, in ihr und um sie herum.

Auferstehung. Das Wort drängt sich ihr auf, als sie mit diesem neuen Lebensgefühl zum zweiten Mal an diesem Tag das Zimmer und die Klinik verlässt. Durch den hellen Sonnenschein geht sie einen Weg, den sie noch nicht kennt.

Zwischen Wiesen, auf denen Kühe grasen, gelangt sie zu einer Brücke über einen schmalen Bach. Schließlich steigt sie die Treppe zu einer Hochebene hinauf. Alles scheint von innen her zu leuchten, hat einen ganz eigenen Glanz, so als sei sie aus dem Tiefschlaf in eine neue Wirklichkeit erwacht. Die Natur, ja die ganze Welt hat sich verändert. Mit weit offenen Sinnen nimmt sie Blattknospen, Weidenkätzchen, gelbe Löwenzahnblüten und rufende Meisen wahr.

Den kleinen Bauernhof sieht sie zum ersten Mal. Als würde sie geführt, geht sie vorbei an Zäunen, hinter denen Gänse schnattern und Hühner picken, umrundet einen Ententeich. Ein kleiner Hund kommt angelaufen und beschnuppert sie. Niemand scheint etwas gegen ihren Besuch zu haben, im Gegenteil, sie fühlt sich sogar ein bisschen zugehörig.

So traut sie sich, in den Stall zu gehen. Winzige Lämmer staksen um ihre Mütter herum, trinken und füllen den Stall mit ihrem Blöken. Einige sind wohl erst vor wenigen Stunden geboren, andere schon ein paar Tage alt.

Leben, so viel neu geschenktes Leben. Lange steht sie einfach da, atmet den Stallgeruch, genießt die Geborgenheit. Da sein, einfach so da sein.

Auf dem Heimweg spürt sie Dankbarkeit, denkt: „Ich brauche nicht zu sterben, um mein Leben zu ändern", und lacht über die paradoxe Formulierung. Sie wird sich im Laden eine Kunstpostkarte mit dem Marienbild kaufen, um sich daran zu erinnern, sich getragen fühlen zu dürfen. Jedenfalls manchmal. Diese Schwerelosigkeit hat ihr der Therapeut vermittelt. Eine Leichtigkeit, die entsteht, wenn sie darauf vertraut, dass die Erde sie trägt. Mutter Erde. Die Formulierung scheint ihr völlig aus der Mode gekommen zu sein. Von einem Zaun zupft sie ein Flöckchen Schafswolle.

Und meistens schien die Sonne

Frühstück am offenen Küchenfenster, Blaubeermarmelade. Der Wald ist voller Blaubeeren. Immer schon.

Als meine Großeltern noch lebten und in dem kleinen Waldhaus wohnten, sah man vom Küchenfenster aus den Garten – eingezäunt, wegen der Kaninchen, Hasen und Rehe.

Gleich vorn, auf beiden Seiten des Weges, Rhabarber und Johannisbeerbüsche. Rote Johannisbeeren, die sich, gepflückt und in kleinen Glasschälchen serviert, nicht so recht mit dem darübergestreuten Zucker verbanden. Süßknirschende weiße Schicht auf den sauren roten Beeren, die Mund und Gesicht zusammenzogen.

Ganz in der Ecke gab es auch einen Busch mit schwarzen Johannisbeeren, die mir als Kind männlich vorkamen, wie die schwarzen Zigarren meines Großvaters und die schwarze, bittere Schokolade, die er gerne aß.

Dann die Kartoffelpflanzen meiner Großmutter. Ich fühle noch den blaugrauen, staubig-warmen Boden, in den wir unsere bloßen Füße beim Ausgraben wühlten; es war mehr ein Herausziehen der Pflanze mit den Wurzelknollen, denn es ging ganz leicht, wenn das Kraut welk war. In einem Drahtkorb wurde die Portion für das Mittagessen in die Regentonne getaucht.

Diese Tonne, in der sich das vom Dach ablaufende Wasser sammelte, stand an der nordwestlichen Hausecke und trocknete selbst in heißen Sommern nicht aus. Darin wollte mein Großvater Eichhörnchen ertränken, weil sie die Nester der Singvögel plünderten. Er hat zum Glück nie eines erwischt; und heute, viele Jahre nach seinem Tod, ist der Wald voller singender Amseln, winziger Meisen, zutraulicher Dompfaffen und Rotkehlchen. Kleiber laufen die Bäume hinauf, Spechte klopfen, der Zaunkönig schrillt mit unverhältnismäßig gellender Stimme, und die Eichhörnchen kommen bis zur Glasveranda, um Kissen, Decken oder Wolljacken für ihr Nest anzuknabbern und kleinere Wollteilchen fortzuschleppen.

Den Garten haben Heide, Gras und Blaubeeren zurückerobert, Brombeer- und Himbeerhecken erinnern noch an die hintere Begrenzung.

Wir sagten Oma und Opa zu den Großeltern und hängten, um Verwechslungen mit den anderen, in der Stadt lebenden, Großeltern auszuschließen, den Ortsnamen des Dorfes, zu dem das Waldgrundstück gehörte, an.

Mein Vater war 14 Jahre alt gewesen, als meine Großeltern zwei Morgen Wald kauften, den Quadratmeter zu zehn Pfennig. Sie errichteten damals, 1934, ein Wochenendhaus aus Stein. Nach dem Zweiten Weltkrieg vergrößerten sie das Haus und verlegten ihren Hauptwohnsitz hierher. Zu dieser Zeit galt im Wald zu leben eher als ein Zeichen von Armut.

Meine ältere Schwester und ich waren von Geburt an oft bei den Großeltern, es war unser zweites Zuhause. Als wir dann zur Schule gingen, verbrachten wir dort fast jedes Wochenende und Teile der Ferien. Wir fühlten uns willkommen und konnten uns keinen schöneren Ort zum Leben und Spielen vorstellen. Und wenn ich jetzt zurückdenke, scheinen mir die Tage dort mit besonderer Freude und Freiheit, mit Geheimnis und Selbstverständlichkeit erfüllt.

Lange schien mir halb neun Uhr morgens die passendste Zeit zum Aufstehen zu sein. Zu dieser Zeit wachten wir meistens im Schlafzimmer meiner Großeltern auf: meine Schwester unten im Übereinanderbett, meine Großmutter am Fenster im Ehebett und ich auf dem Hochsitz. Das Schlafzimmer hatte eine Außentür, durch die wir Kinder und meine Großmutter im Sommer oft sofort nach draußen liefen, um die Zeitung vom Briefkasten an der Eingangspforte zu holen, und aus purer Lust, barfuß im Nachthemd in der Natur herumzulaufen.

Mein Großvater schlief nachts nur ab und an eine Stunde und wanderte von Schmerzen geplagt in Stube und Schlafkammer hin und her. Hüftgelenksarthrose war sein Hauptleiden, sein Bett eine Kissenlandschaft, auf die er sich mühsam bäuchlings bettete. Wir alle hatten kein übertriebenes Mitleid. Es war einfach so. Als über die Jahre die Schmerzen zunahmen und die Beweglichkeit immer weiter abnahm, war er nur noch selten freundlich, und ich sah meine Großmutter weinen, weil er ihr kein liebes Wort geben konnte. „Du alte Hexe", hat er dann gesagt. Und sie: „Ach, der Kerl."

Aber im Grunde waren die beiden ein gutes Gespann, zumindest gewesen. Mein Großvater hatte viele Jahre einen Kleinwagen der Marke Lloyd gefahren, ein Modell aus blaulackiertem Metall. Dieses Auto fuhren meine Großeltern gemeinsam: Mein Großvater hatte den

Führerschein und saß am Steuer. Alles andere tat meine Großmutter. Sie guckte, ob die Straße frei war, betätigte den Blinker, gab die Kommandos zum Bremsen und Gasgeben, indem sie rief: „Fahr doch, fahr doch, fahr doch!"

Wenn die Großeltern in der Stadt zu tun hatten, nahmen sie meine Schwester und mich auf dem Heimweg oft mit zu sich in den Wald. Dann wurden wir Zeuge dieser „wunderbaren Zusammenarbeit". Von Haus zu Haus waren es ungefähr 15 Kilometer. Meine Mutter atmete jedes Mal erleichtert auf, wenn wir vier heil angekommen waren und das Telefon einmal klingeln ließen, zum Zeichen der wohlbehaltenen Ankunft.

Es mag schon 1955 gewesen sein, als meine Großeltern Telefon bekamen. Damals wurden die Gespräche in die Stadt noch handvermittelt. Auf dem Dorf hatte kaum jemand Telefon, so dass immer wieder Nachbarinnen zu uns kamen, um für 18 Pfennige kurz mal ihre Verwandten oder den Arzt anzurufen. Lange Gespräche waren nicht üblich, nur die sanfte, sehr blasse Frau Vogt, die immer so viel auf dem Herzen hatte, machte sich damit bei meinem Großvater unbeliebt.

Einmal klopfte es um zwei Uhr nachts ans Fenster. Für die junge Frau Schmolke musste schnell eine Hebamme herbeigerufen werden. Meine Großmutter ging gleich mit, um zu helfen. So kamen in dieser stadtfernen Gegend Kinder zur Welt, wir hatten Anteil daran. Ich kann mich erinnern, damals noch lange wach gelegen zu haben, berührt von dem besonderen Ereignis.

Wenn ich die Augen schließe, sehe ich die Großmutter vor mir: ihr im Alter eher männlich-herbes Gesicht, das Weichheit durch die vielen wirren Haare erhielt, die sich aus dem einfachen Knoten am Hinterkopf gelöst hatten. Dunkelbraunes Haar mit breiten grauen Strähnen. Es gibt ein Foto, auf dem sie 20 Jahre alt sein mag. Die junge Frau auf dem bräunlichen Bild schaut den Betrachter unbefangen liebevoll aus großen arglosen Augen an. Wenn ich an meine Großmutter im Alter denke, ist mir, als wären diese Augen mit jeder Enttäuschung, jedem Kummer, kleiner geworden, so wie sich Augen vor zu großer Helligkeit zusammenziehen. Ihr Blick war prüfend geworden, als wolle sie schon mit den Augen entscheiden, wie die Last am besten zu heben und zu bewegen sei.

Immer hatte sie versucht, schwere Situationen ohne fremde Hilfe zu bewältigen. So eröffnete sie, als mein Großvater Anfang der dreißiger Jahre arbeitslos wurde, mit der einmaligen finanziellen Abfindung kurz entschlossen einen Krämerladen.

1944 warf sie bei der Rückkehr aus dem Bunker eine Bandbombe aus dem ersten Stock des Hauses auf die Straße. Ich glaube, sie hat die Bombe einfach mit nassen Handtüchern angepackt.

1946 dann, als ihr Sohn, mein Vater, in Kriegsgefangenschaft war, arbeitete sie im Wald, pflanzte mit anderen Frauen Kiefernschonungen an, um sich von der Sorge und dem Warten abzulenken. Als mein Vater 1947 heimkehrte, bekam sie einen Schreikrampf. Alle angestaute Not der Jahre schrie auf einmal aus ihr heraus. Es muss im August gewesen sein, denn die Heideblüte erinnerte sie und andere Familienmitglieder an dieses Ereignis, von dem uns Kindern erzählt wurde.

Es gab auch eher heitere Erinnerungen. Bei Kriegsende lud meine Großmutter auf die Anordnung hin, Rundfunkgeräte abzugeben, den hauseigenen Volksempfänger auf einen Handwagen und zog ihn durch Wald und Dorf zur Bürgermeisterei. Unterwegs traf sie einen Bekannten, der ihr dringend abriet, sich von dem schönen Gerät zu trennen. Also kehrte sie um und nahm es wieder mit nach Hause.

Der Handwagen existierte noch, als wir Kinder waren. Vergangenheit und Gegenwart griffen ineinander. Dinge hatten eine Geschichte und wir erfuhren sie. Schon mein Vater hatte als Kind in dem Wagen gesessen. Der an beiden Seiten mit Stäben versehene Aufsatz war handwerklich schön gearbeitet, das Holz glatt und seidig, dunkel vom vielen Anfassen, die Holzräder waren eisenbeschlagen, an der Deichsel befand sich ein Griff. Der Tischler hatte bei der Herstellung des Gefährts offensichtlich auch an die Beförderung von Kindern gedacht, denn es gab ein oder zwei Brettchen, die sich als Sitzbänke innen befestigen ließen. Wir benutzten allerdings lieber Kissen, um es gemütlicher zu haben. Ein vielseitiges Spielzeug. Meine Schwester und ich zogen uns abwechselnd auf den Waldwegen, spielten Pferd und Kutscher. Beim Jahrmarktsspiel wurde der Wagen schnell zu einem attraktiven Karussell hergerichtet und ausgeschmückt.

Manchmal sammelten wir Kiefernzapfen, die wir in großen Körben auf dem Wagen beförderten.

Wenn wir Lust hatten, einen Baum zu fällen, ging meine Großmutter mit uns durch das Grundstück und wählte eine abgestorbene Kiefer aus, deren Umfang und Höhe unseren Kräften entsprach. Mit Spaten, Säge und Beil machten wir uns ans Werk, überglücklich, so eine verantwortungsvolle Erwachsenenarbeit ausführen zu dürfen. Nach einigen Stunden war der Baum unterhalb der Erdoberfläche abgesägt oder wir hatten seine Wurzeln freigelegt, teilweise abgehackt und der Rest wurde von der Schwerkraft der Krone beim Fallen herausgezogen. Dieses seltsame Geräusch, wenn sich die Wurzel löst, wenn der Baum niederbricht! An Ort und Stelle zersägten wir den Stamm in ofengerechte Stücke.

Vor dem Werkzeug- und Fahrradschuppen, den mein Großvater selbst gebaut hatte, gab es einen Holzplatz mit

Sägebock und Hauklotz. Dort arbeiteten wir mit den Großeltern an sonnigen Sommer- und Herbstnachmittagen, um den Wintervorrat an Brennholz anzulegen. Die Großmutter stand mit einem von uns Kindern am Sägebock, das andere durfte die dicken Kloben mit dem Beil spalten und belieferte den Großvater mit Körben voller Holzscheite, die er kunstvoll und gegen Schnee und Regen geschützt in Gestellen aufschichtete. Diese Zusammenarbeit hatte etwas sehr Nahes, Warmes. Wir plauderten und lachten. Wann immer die Lust nachließ, wurde der Arbeitsplatz getauscht, etwas zu essen oder zu trinken geholt, ein kleiner Spaziergang gemacht oder auf andere Art verschnauft. Eigentlich arbeiteten wir nicht. Wir lebten ganztägig. Und meistens schien die Sonne.

Manchmal schien sie nicht. Bei Regen vertickte die Urgroßmutteruhr, die aus dem Elternhaus meiner Großmutter stammte, bedächtig die Zeit. Sie hing über der schwarzgebeizten Eichenkommode, und ihr Messingpendel sah aus wie das verzierte Blatt eines Paddels. Als Kind schien es mir, als vergingen die Minuten hier langsamer, weil das Perpendikel mit einem ganz langsamen Tam-tam Tam-tam hin- und herschwang, so als sagte es: „Viel Zeit – viel Zeit." Dann saß ich einfach so da. In dieser Zeit. Es gab nichts, was getan werden musste. Es wäre uns niemals eingefallen, Schulaufgaben mit hierherzubringen.

Zum Zeichnen und Malen gab es leere alte Auftragsbücher, Bleistifte und Buntstifte. Die Bleistifte waren von meinem Großvater mit dem Taschenmesser angespitzt. In die Bücher malte ich Geschichten von Pilze sammelnden Großmüttern, Zwergenfamilien und freundlichen Räubern, die im Wald lebten; dabei äußerte ich den Wunsch, später einmal Bücherschreiberin zu werden. Meine Großmutter fand diesen Gedanken so schön, dass sie ihn neben vielen anderen Begebenheiten in einen Kalender eintrug, in dem sie eine Art Ereignistagebuch führte.

Oft spielten wir Karten: Rommé und Canasta; vielleicht waren die Regeln für uns Kinder ein wenig vereinfacht. Durch die feste Sitzordnung beim Essen und auch beim Spielen am Esstisch war ich beim Canasta die Partnerin des mir gegenübersitzenden Großvaters, mit dem ich auf die unglaublichste Weise gegen meine Schwester und die Großmutter zusammenspielte. Richtig heftig geschummelt haben wir nie, aber ich spüre noch das Gefühl des Miteinanders, wenn wir uns zuzwinkerten, was meistens bedeutete: „Sieh zu, dass du deine Karten auf den Tisch legst, ich kann das Spiel gleich beenden."

Abgesehen von dem Spielglück, überhaupt einen Joker in die Hand zu bekommen, liebte ich den blau gekleideten mit dem braunen Pelz, der einen Finger an die Nase legt, besonders. Vom Wesen waren meine Großmutter und ich solche

Joker, je nach Situation bereit, in verschiedene Rolle zu schlüpfen.

Bei Familienfestlichkeiten war die Großmutter eine richtige Dame. Ihre Haare hatte die „Friseuse" in sanften, eleganten Wellen gebändigt und mit einem kleinen Zierkamm seitlich aufgesteckt. Während sie alltags legere Kleidung bevorzugte, die ihrer rundlichen Figur viel Freiheit ließ und ihr etwas Weiches, mütterlich Anheimelndes gab, war ihr Körper unter dem festlich silbergrauen Kleid formgerecht geschnürt. Natürlich trug sie auch vornehme Pumps und Seidenstrümpfe, obwohl sie in der Natur fast nur barfuß lief, wenn das Wetter es eben zuließ. Sie bewegte sich frei und sicher in jeder Gesellschaft, im Bewusstsein der Ebenbürtigkeit aller Menschen.

Die Großmutter stammte aus gutbürgerlichem Hause. Ihr Vater, der aus dem Ersten Weltkrieg nicht heimkehrte, war Tischler, Sargtischler und Beerdigungsunternehmer gewesen. Von dreizehn Geschwistern waren sechs früh gestorben, sieben wurden erwachsen. Meine Großmutter hatte darunter gelitten, eines von so vielen Kindern zu sein. „Jedes einzelne wurde gar nicht so richtig wahrgenommen", sagte sie. Bevor sie auf eigenen Wunsch als Verkäuferin in einem feinen Porzellanwarengeschäft lernte, hatte sie zu Hause die Bücher geführt und auch, wenn Not am Mann war, geholfen, einen Toten für die Aufbahrung herzurichten.

Später ging sie nach Berlin, um in der Nähe ihres Bräutigams, meines Großvaters, zu sein, der dort im Ersten Weltkrieg bei der Kavallerie stationiert war. Ihm zuliebe arbeitete sie in dieser Zeit als Hausmädchen, weil ein eigenständiger Aufenthalt in einer fremden Stadt damals als unschicklich gegolten hätte. Dabei hat sie Hausarbeit ihr Leben lang nicht gemocht.

Meine Großmutter hatte meinen Großvater kennengelernt, als sie 15 Jahre alt war. Ihre Familie pflegte sonntags mit einer Kutsche vor die Stadt in einen Park zu fahren. Der Vater traf Freunde, ich glaube, er war im Schützenverein; es gab Vergnügungen für die kleineren Kinder, Kaffee und Kuchen, eine Kapelle und eine Tanzfläche unter freiem Himmel. Dort hatte meine Großmutter mit meinem Großvater getanzt.

In jungen Jahren waren die beiden gern zusammen ausgegangen. Später, als ich klein war, nahm mich die Großmutter oft auf den Arm und wiegte mich im Takt der Musik, die aus dem Radio kam. Dabei durchquerte sie mit langen Tanzschritten den Raum und wir amüsierten uns. Durch sie lernte ich in frühester Kindheit Lieder kennen wie „Komm mein Schatz, wir trinken ein Likörchen, und dann flüstre ich dir was ins Öhrchen". Dieses Lied sang sie meistens nach dem Baden, wenn ich im Badetuch auf ihrem Schoß saß und es die „Öhrchen" abzutrocknen galt. Zu diesem Repertoire gehörten neben Liedern aus Operetten auch „Das ist die Liebe der Matrosen" und „Im Grunewald, im Grunewald ist Holzauktion".

Einmal im Jahr ging sie allein auf den Jahrmarkt, der in jedem Herbst in der Stadt veranstaltet wurde. Sie fuhr so gern Kettenkarussell, schaute sich alles in Ruhe an, aß Eis und gebrannte Mandeln. Um 23.00 Uhr fuhr sie dann mit dem letzten Bus in den Wald zurück und wanderte um Mitternacht unter dem Sternenhimmel von der Haltestelle nach Hause. Wer weiß, was sie dann gesungen hat. Alkohol trank sie nur gelegentlich: ein Glas Pepsinwein vor dem Essen oder einen Grog im Winter. Manchmal war sie richtig vergnügt und auch ein bisschen berauscht vom Leben und der Schönheit einer Nacht oder eines Morgens im Wald.

Gorki beschreibt, wie seine Großmutter ihn als Kind auf die Vogelstimmen frühmorgens im Wald aufmerksam gemacht hat. Wie die beiden manchmal draußen blieben, um die Nacht wahrzunehmen. Als ich das las, musste ich daran denken, dass meine Großmutter einmal im Frühsommer den Wecker auf halb vier Uhr morgens gestellt hat, damit sie mit uns Kindern den Sonnenaufgang in einem einsamen Waldstück erleben konnte. Wir nahmen unser Frühstück in einem Korb mit auf die Wanderung, und ich spüre noch heute die erfrischende Morgenkühle, während hinter den Bäumen der neue Tag anbrach.

Die Großeltern lebten bescheiden und sparsam. Einmal im Monat spielte die Großmutter, dass sie wirklich arm sei; dann holte sie für jedermann sichtbar ihre eigene sehr kleine Rente bei der Post im Dorf ab und kaufte zusammen mit den anderen Rentenempfängern sofort das Nötigste im Krämerladen ein, so als hätte sie vorher darben müssen. Dabei waren die Großeltern nicht arm, aber die größere Rente meines Großvaters ging auf ein Girokonto, und meine Großmutter war recht versiert im Umgang mit Bausparverträgen und kleinen Geldanlagen.

Der Großvater besaß zeitlebens irgendwelche Aktien, deren Kurse er verfolgte und um die er bei Kursschwankungen bangte. Doch das war nur ein Spiel, mit dem er die Langeweile vertrieb. Das Interesse für Aktienkurse stammte aus der Zeit seiner Berufstätigkeit. Obwohl er gern ein Handwerk gelernt hätte, wurde er nach dem Ersten Weltkrieg Bankangestellter. Daran ist sicherlich meine Großmutter nicht unschuldig, die deutlich geäußert hatte, sie lehne es ab, „ihr Leben lang Blaumänner zu waschen".

Für diese Weichenstellung im Leben meines Großvaters mussten beide recht teuer bezahlen. Solange seine Kraft ausreichte, kompensierte der Großvater sein Unbehagen damit, dass er morgens um fünf Uhr aufstand, um vor dem Dienst im Garten zu arbeiten. Er hielt Hühner und Kaninchen. Außerdem baute er geschickt Ställe für die Tiere sowie Geräteschuppen, Vogelhäuschen, Fußbänke, Sitzhocker und massive Trittleitern, von denen eine bei uns bis heute in Gebrauch ist.

Bis 1945 wohnten meine Großeltern am Stadtrand in einer Siedlung. Die unbefestigte Straße, an der die Häuser standen, musste von den Anliegern befahrbar gehalten werden, auch eine Arbeit, die der Großvater gern tat. Später hielt er trotz seiner Arthrose auch den Weg vor dem Waldhaus für seinen kleinen Lloyd passierbar. Seine Hauptarbeitskraft floss aber – bis auf die kurze Zeit der Arbeitslosigkeit – in seinen Beruf als Kassierer bei der Bank. Diese Tätigkeit wurde seinerzeit ausschließlich stehend ausgeführt, eine fast unerträgliche Belastung für jemanden mit Plattfüßen und einem immer mehr zunehmenden Hüftleiden. Er ging schließlich vorzeitig in Rente.

Damals standen die Ärzte, die er um Rat und Hilfe bat, sowohl seinen Schmerzen als auch der zunehmenden Unbeweglichkeit hilflos gegenüber. Die Schmerztabletten wirkten nur für kurze Zeit lindernd, hatten aber Nebenwirkungen, so dass er eine Dosis möglichst über den ganzen Tag verteilte und jahrelang kaum noch ohne Schmerzen lebte. Für ihn war das abgeschiedene Leben im Wald gewiss nicht das Richtige. Er mochte gern mit Menschen zusammen sein, Leben und Treiben um sich haben. So waren wir Enkelkinder eine willkommene Abwechslung für ihn.

Er zeichnete für uns Bauernhöfe mit seltsam eckigen Menschen und extrem hochbeinigen Tieren. Wir liebten das, weil jede Figur von ihm noch charakterisiert wurde. Da war zum Beispiel die Kuh, die gerade gekalbt hatte, und mit wenigen Strichen entstand auch das Kalb; die Bäuerin fütterte die Hühner und der Hund riss an seiner Kette, weil der Briefträger mit der großen Tasche über den Hof kam, das Fahrrad hatte er an den Zaun gelehnt. Wir Kinder hörten gern zu und fanden es besonders spannend, wenn Großvater über seine Kindheit als Sohn eines Armenschullehrers erzählte und von seiner Stiefmutter, die nicht gut mit ihm und seinen beiden Schwestern umgegangen war. Eine lustige Eigenart war, dass er plattdeutsch sprach, wenn er nicht ganz bei der Wahrheit blieb – für meine Großmutter eine wichtige Orientierung.

Im Alter von 13, 14 Jahren begannen meine Schwester und ich uns für andere Dinge zu interessieren, gingen tanzen, ins Kino und in einen Sportverein. Die Schule stellte höhere Anforderungen. Wald und Großeltern blieben uns lieb, doch wir besuchten sie nur noch selten für ein paar Stunden.

In dieser Zeit machte mein Großvater seinen ersten Selbstmordversuch. Als meine Großmutter vom Einkaufen nach

Hause kam, stand er hinter dem Geräteschuppen auf einer Kiste und hatte Vorbereitungen getroffen, sich aufzuhängen. Sie nahm ihm den Strick aus der Hand und half ihm, von der Kiste herunterzusteigen. „So ein Unsinn", sagte sie und schimpfte. Mein Großvater nahm künftig mehr Tabletten, mit denen die Lebenszeit, die er noch hatte, etwas erträglicher wurde.

Es tut weh, die Aufzeichnungen meiner Großmutter für die folgenden Winter zu lesen. Sie machte sich immer wieder Mut: „… es ist doch zu essen und zu heizen da, eigentlich geht es uns gut." Und doch war das Leben ganz unerträglich mit den Schmerzen meines Großvaters und ihrem Gefühl, nicht geliebt zu werden.

Die Großmutter starb lange vor dem Großvater. Ihr Herz, das so viel über Freude wusste, die sie so lebensnotwendig brauchte, mochte nicht mehr. Immer hatte sie gesagt: „Bloß keinen Grab-

stein. Verstreut meine Asche im Wald."
Dennoch bekam sie ein schönes, großes
Grab, das gerade neu für die Familie erworben worden war. Dort lag sie lange
allein unter säuberlich angepflanzten
Blumen und einem hohen, rötlichen
Stein. Und eigentlich sollte es niemand
wissen, dass ich eines Tages, als ich noch
sehr jung war, die Samen von Pusteblu-
men in die feuchte Erde zwischen die
Gartenblumen gemischt habe, damit sie
es ein bisschen weniger ordentlich hätte, mit gelben Sonnen im Frühjahr und
luftigen Schwebesamen, die abgepustet,
Wünsche erfüllen können.

Viel Zeit ist vergangen und längst stehen auf dem Grabstein die Namen und
Lebensdaten meines Großvaters und anderer Familienmitglieder. Doch solange
ich lebe, haben die freundlich-warmen
Kindheitserinnerungen in mir ein Zuhause.

Herbstsonnentag

Das Gesicht zur Sonne gewandt, nimmt sie mit geschlossenen Augen die Oktoberwärme in sich auf. Erfüllt von Dankbarkeit, genießt sie die Ruhe in den Gärten ringsum – und auch die innere Ruhe, den Frieden in Kopf und Herz.

Ihre Stimmung gleicht der in den Gedichtzeilen: „Dies ist ein Herbsttag, wie ich keinen sah! Die Luft ist still, als atmete man kaum, und dennoch fallen raschelnd, fern und nah, die schönsten Früchte ab von jedem Baum." Wie von selbst sind diese Gedichtzeilen auf einmal da.

Mit einen Lächeln denkt sie: Ja, es tut gut, mit allen Sinnen einen solchen Herbsttag in sich aufzunehmen, lieber Friedrich Hebbel. Der Stille zu lauschen, die herb-süße Luft zu atmen und sich von einer Sonne verwöhnen zu lassen, die sich noch einmal zu verausgaben scheint in ihrem Abschiedsfest von uns auf der Nordhalbkugel.

„O stört sie nicht, die Feier der Natur!", geht es weiter bei Hebbel, erinnert sie sich. „Dies ist die Lese, die sie selber hält. Denn heute löst sich von den Zweigen nur, was vor dem milden Strahl der Sonne fällt."

Im Gedicht fallen Früchte unter Bäume, um neue Bäume hervorzubringen, um den Kreislauf des Lebens fortzusetzen, das fällt ihr auf, und sie denkt: Zum Glück bringt die Natur in ihrer maßlosen Großzügigkeit übergenug Früchte, Kerne, Nüsse und Samen hervor, um sich vermehren zu können, selbst wenn der Mensch sich einen Teil davon als Nahrung nimmt.

Von Kindheit an staunt sie darüber, wie Dichter scheinbar Unsagbares in Worte fassen. Mit Freude hat sie Gedichte auswendig gelernt, selbst solche, die sie damals nicht wirklich verstand.

Und in ihrer Freizeit hat sie gelesen, gelesen und gelesen.

Auch jetzt liegt ein Buch auf dem Gartentisch neben der Obstschale mit der großen, reifen Weintraube, die sie sich am Morgen auf dem Markt als Mittagessen ausgesucht hat. Seit Kurzem schlendert sie ohne Einkaufszettel einfach so aus purem Vergnügen über den Markt, kauft, worauf sie Appetit hat, und lernt, nur zu essen, was sie mag – und das auch nur, wenn sie Hunger hat. Keinem äußeren Ritual zu folgen, empfindet sie als unendliche Befreiung.

In die Sonne blinzelnd, öffnet sie die Augen, um einige von den dicken gelben Weintrauben zu naschen. So frei und einverstanden mit ihrem Leben fühlt sie sich erst, seit der Himmel ihr ein ganz wunderbares Geschenk gemacht hat.

Es begann damit, dass sie ihren Mann zum Essen in die Villa Kunterbunt eingeladen hat. Über den Räumen eines Kindergartens gibt es seit einigen Monaten im städtischen Gemeinschaftshaus das „Restaurant für alle".

Ihre Freundin Jutta hatte ihr begeistert erzählt, dass sie und ihr Mann Gunnar von montags bis freitags dort essen. „Nie mehr die Frage: Was koche ich heute oder morgen; obendrein weniger Einkauf und Abwasch!", hatte Jutta geschwärmt. Am Herd stehe sie nur noch am Wochenende. Und das mache ihr nun wieder richtig Freude. Es fühle sich an, als sei ihr eine Zentnerlast von den Schultern genommen.

„Das wäre doch auch etwas für euch", hatte Jutta schließlich gesagt. So war es zu dem „Probeessen" zu viert an Peters Geburtstag gekommen. Und seither trifft er sich fast jedem Mittag mit den beiden in der „Mensa", wie er es nennt. Bekocht werden sie von Menschen mit Behinderung, die dort in der Lehrküche eine Ausbildung absolvieren – und zahlen gern ein wenig mehr für die wunderbaren Menüs, um auch Menschen mit kleineren Geldbeuteln das Essen in dem alternativen Restaurant zu ermöglichen.

Sie lächelt in Gedanken an ihren Peter, der dort Rindsrouladen mit Rotkohl und Klößen, Kartoffelpuffer mit Apfelmus und viele andere Gerichte genießen kann, die ihr weniger stabiles Verdauungssystem nicht mehr so gut verträgt.

Vor ihrem inneren Auge sieht sie die drei an einem Fensterplatz, mit Blick auf spielende Kinder, angeregt über philosophische und politische Themen diskutieren, während sie nach dem Essen zum Dessert – es gibt oft etwas Exquisites wie selbst gemachtes Ananas-Eis oder Mousse au Chocolat – noch einen Kaffee trinken.

Am Wochenende wollen sie zu viert ein neues Rezept für eine Gemüse-Lasagne ausprobieren. Sie hat das Gefühl, dass die neuen Essgewohnheiten ihrer Liebe und auch der Freundschaft mit Jutta und Gunnar guttun, fast so, als gäbe es nun weniger Alltage und mehr Sonnentage.

Der Haifischzahn

Das leuchtete ihm seltsamerweise sofort ein, dass ein Haifischzahn gegen Einsamkeit helfen sollte. Als seine Frau noch lebte, hatte er sich über so etwas nie Gedanken gemacht. Da rumorte es morgens schon in der Küche, wenn er aufwachte, und abends sagte sie nach der Tagesschau: „Vadder, mach die Glotze aus, wir wollen den Abend auf anständige Weise verbringen." Na ja, ein bisschen prüde und altmodisch ist sie schon gewesen. Von nackten Tatsachen, Morden aus nächster Nähe, Schießereien und Autojagden hielt sie nichts.

Damals hatte er sich über solche Aussprüche von ihr geärgert, es klang für ihn, als wolle sie ihm einen Spaß verderben. Doch jetzt, wo er Tag und Nacht machen konnte, was er wollte, blieb der Fernseher oft ganz ausgeschaltet. Es ödete ihn an, in Leben hineinzuschauen, zu denen er keinen Bezug verspürte. Stundenlang saß er einfach so da in seinem Ohrensessel, und nur selten weckte ihn das Telefon aus seinen Erinnerungsträumen. Die Kinder und die Enkelkinder besuchten ihn lieber im Sommer, wenn sie im Meer baden konnten. Den verregneten Winter an der Küste fanden sie unerträglich trübsinnig und ihn inzwischen sicherlich auch.

„Flieg doch nach Mallorca", hatte seine Schwiegertochter ihm einmal vorgeschlagen. „Da kannst du behaglich überwintern und findest mit etwas Glück noch eine neue Liebe." Es gäbe ja so viele alleinstehende Frauen.

Ne, das war nicht seine Art. Was sollte er mit einer neuen Liebe? Er zwinkerte dem Gesicht auf dem Foto zu, das ihn mit hellen Augen vom Büfett her anschaute. Er mochte sein Häuschen nah dem Meer, in dem er mit ihr und den Kindern so viele Jahre glücklich gewesen war.

Den Tag herumzubringen war eine andere Sache, und die Nacht, und die Woche. Manchmal führte er Selbstgespräche, oft lief das Radio. Da hatte er das mit dem Haifischzahn aufgeschnappt, den einen Satz, wie extra für ihn gesagt. Ein Haifischzahn sei ein guter „Zauber" gegen Einsamkeit.

Die Verkäuferin im Fischgeschäft hatte ihn allerdings ganz merkwürdig angeschaut. Einen Haifischzahn? Bei dem Alten stimmte auch nicht mehr alles im Oberstübchen, hatte sie wohl gedacht, das war ihr deutlich anzusehen gewesen.

Und dann war dieser Anruf gekommen. Manfred, der alte, fast vergessene Schulfreund meldete sich nach Jahren einmal wieder, um ihn zu fragen, ob er nicht Lust habe, ihn zu einer Mineralien-Messe zu begleiten, es stehe ein Artikel darüber in der Zeitung.

Mineralien-Messe? Warum nicht. Mit Bedacht hatte er ein frisches helles Hemd gewählt zu der dunkelblauen Cordhose, die er zu besonderen Anlässen trug. „Lässig elegant" nannte seine Enkelin dieses Outfit. Bei der Erinnerung an ihre Worte hatte er lächeln müssen und sein Spiegelbild hatte ihm sofort etwas besser gefallen.

Manfred erwartete ihn schon im Eingangsbereich der Stadthalle. Mit Mineralien, mit Steinen und Versteinerungen kannte er sich gut aus. Und auch er fand Gefallen daran, von Verkaufsstand zu Verkaufsstand zu schlendern und in aller Ruhe Aventurine, Bernsteine, Turmaline, kleine Figürchen aus mexikanischen Türkisen, Edelstein-Eier und vieles andere anzuschauen. Bernsteine hatte er früher selber gesammelt, er besaß eine ganze Zigarrenkiste voll davon; die kleinen stammten aus dem Watt vor seiner Haustür, die größeren von einem Spülfeld, auf dem er in seiner Jugend gearbeitet hatte.

Beindruckend fand er es, Steinen sozusagen ins Herz gucken zu können, so wie bei den ausgestellten, zum Teil recht großen Amethystdrusen. Unter einer unauffällig grauen Oberfläche verbargen sich in ihrem Innern Höhlungen mit Kristallspitzen in vielerlei Lilatönen.

Schmuckstücke aus Achatscheiben in Blau- und Braunschattierungen, aus gemasertem hellblauem Chalzedon und aus durchsichtig-dunkelroten Granatsteinen ließen ihn wieder an seine Enkelin denken. Schließlich kaufte er für sie einen Jadestein in Herzform als Kettenanhänger und freute sich darüber, nun ein Geschenk zu haben, um es dem Kind ins Osternest zu legen. An den Frühling, an die Rückkehr des Lichts und Besuche seiner Familie zu denken, stimmte ihn froh.

Aber auch mit Manfred auf der Messe unterwegs zu sein, war ein ganz besonderes Erlebnis. Nicht nur, weil der alte Freund zu vielen Mineralien etwas zu erzählen wusste, etwa, dass Malachit auch Kupferspat, Berg- oder Kupfergrün genannt wird und der Name für das Mineral gewählt wurde, weil der Stein so grün ist wie die Blätter von Malven. Manfreds Art, solches Wissen entspannt und locker zu vermitteln, machte es zu einer Freude, ihm zuzuhören.

Unwillkürlich waren Malven in sommerlichen Gärten vor seinem inneren Auge aufgetaucht, rote Blüten und tellerartige Blätter. Stockrosen hatte seine Frau sie genannt.

Und als Manfred davon sprach, dass auf Raffaels berühmtem Gemälde der Sixtinischen Madonna der Vorhang im Hintergrund in genau diesem kühldunklen Malachitgrün gemalt war, hatte er wieder an seine Frau denken müssen. In ihrer Kunstpostkartensammlung, die in einem hübschen Karton im Bücherschrank stand, gab es eine Weihnachtskarte, die das Gemälde zeigte, daran erinnerte er sich, weil er es, im Gegensatz zu seiner Frau, kitschig gefunden hatte. Während er noch daran dachte, die Karte herauszusuchen und sich den Vorhang genauer anzuschauen, offenbarte Manfred ihm lachend, so etwas könne man jederzeit im Internet erfahren und sich dort sogar das Bild an der entsprechenden Stelle so vergrößern, dass man den Vorhang in staunenswert gemalter Präzision vor sich sehe.

Dass er das Internet gar nicht benutzte, ja nicht einmal einen PC besaß, wollte Manfred kaum glauben. Er wolle seinen nicht missen, hatte er gesagt, er sei oft im Netz unterwegs. Es verkürze ihm lange Tage, vor dem Bildschirm flögen die Stunden nur so dahin.

Als sie sich an einem Stand mit Bergkristallen etwas länger aufhielten, um die schönen, auf bizarre Art verschachtelten, weiß-durchsichtigen Gebilde zu bewundern, hatte der junge Verkäufer sie angesprochen. „Bergkristalle sorgen für innere und äußere Klarheit und Ordnung", hatte er gesagt.

Daraufhin hatte Manfred bekannt, dass sein Schreibtisch, obwohl darauf seit Jahren ein teurer, großer Bergkristall liege, aussehe, als habe eine Bombe eingeschlagen. Und der Verkäufer hatte mit ihnen gelacht.

Ein paar Tische weiter hatte es viele Millionen Jahre alte Versteinerungen aus dem Kambrium, aus Eis- und Steinzeiten gegeben. Von einem Moment zum anderen waren ihm die eigenen 85 Jahre wie ein Klacks erschienen. Schön, wie sich manchmal Perspektiven verschieben, hatte er denken müssen – und genau in diesem Augenblick die fossilen Haifischzähne in vielen Formen und Größen entdeckt.

Fünfundvierzig Euro für einen solchen Zahn – allerdings hinter Glas und gerahmt – fand Manfred überteuert. In den Niederlanden könne man an einem Strand nahe der belgischen Grenze mit etwas Glück selber versteinerte Haifischzähne finden, meinte er. Tatsächlich gab es in einem Glasgefäß viele, möglicherweise dort gefundene, recht kleine Haifischzähne.

Die Verkäuferin hätte ihm gern den gerahmten Zahn verkauft oder auch einen mittelgroßen, der am oberen Rand in Silber eingefasst und mit einer Öse versehen war. Geschäftstüchtig hatte sie versucht, ihm zu schmeicheln: „Herren wie Sie tragen einen solchen Zahn gern an einem Goldkettchen am Hals."

Darüber hatten Manfred und er später bei Tee und Torte in der Cafeteria herzlich gelacht. „Wahrscheinlich dachte sie, du arbeitest im Sommer als Surflehrer", hatte der Freund grinsend gemeint.

Nachdem das Angebot am Tisch mit den Versteinerungen von ihnen sorgfältig gesichtet worden war, hatte er einen recht großen Zahn gekauft und sofort gewusst, er würde das Zauberding fortan in der Hosentasche bei sich tragen. Das konnte er Manfred natürlich nicht sagen. Er war erleichtert gewesen, dass er nicht gefragt hatte: „Was willst du denn mit einem Haifischzahn?" Dann wäre er ins Schwitzen gekommen. Manfred war mehr so der Typ Naturwissenschaftler, mit wenig Verständnis für Spökenkram. Und bei klarem Verstand gab es nicht den geringsten Zusammenhang zwischen der Befindlichkeit eines Menschen und dem Gebiss eines Raubfisches. Man musste daran glauben. Und dazu war er bereit.

Das war gestern gewesen. Nun betrachtete er seinen Schatz aufmerksam unter der Leselampe, die er schon gleich nach dem Mittagessen eingeschaltet hatte, um die Gräue aus der Stube zu vertreiben. Ehrfürchtig strich er über das versteinerte Stück Kieferknochen, aus dem der recht große, spitze Zahn hervorragte. Er würde ihn in ein Taschentuch eingewickelt tragen, denn es gab ja niemanden mehr, der eine zerrissene Hosentasche hätte flicken können.

Draußen stürmte ein Nordwest um das etwas abseits stehende Haus. Das ließ es drinnen doppelt gemütlich sein. Zu dem vom Arzt verordneten täglichen Spaziergang hatte er wenig Lust. Ein paar tiefe Atemzüge an der Gartentür würden es auch tun. Er schmunzelte, als würde er dem Arzt einen Streich spielen, und zog sich die Jacke über.

Als er die Haustür öffnete, kauerte dort im Windschatten eine kleine nasse Katze. Offensichtlich hatte sie sich vor dem Nieselregen unter das Vordach geflüchtet. Ganz jung schien sie noch zu sein, mager sah sie aus und halb verhungert.

Wie selbstverständlich lief sie ihm voraus in die Küche und verschlang gierig die vom Mittagessen übrig gebliebene gekochte Kartoffel, die er ihr auf einer Untertasse, neben einem Schüsselchen mit Wasser verdünnter Milch, auf den Fußboden stellte.

Zutraulich ließ sie sich das Fell abtrocknen, und ihm tat es gut, ihre Wärme, ihre Lebendigkeit und eine Art Dankbarkeit zu spüren. Sie war eine hübsche, mehrfarbige Glückskatze. So eine hatte er als Junge gehabt, und die Ähnlichkeit zwischen den beiden berührte ihn ganz eigenartig.

Später wollte er ein Schild an die Gartenpforte hängen: „Junge Katze zugelaufen". Oder sollte er das besser vergessen und hoffen, niemand würde das Kätzchen vermissen? Es schien ihn zu mögen, jedenfalls waren sie schnell miteinander vertraut geworden.

Während er ihr in einem flachen Korb mit alten Handtüchern ein Lager herrichtete und sie die Wohnung erkundete, beschloss er, sie Mira zu nennen. So hieß seine Katze vor fast 80 Jahren. Den Namen hatte seine Großmutter ihr gegeben, bevor sie ihm, bei einem Besuch auf ihrem Bauernhof, die noch ganz junge Katze schenkte. Sie stammte aus einem

Wurf von Mascha, die bei den Großeltern Haus und Stall mäusefrei hielt. Wie lange war das her – und wie nah waren die Bilder!

Ihm fiel ein, dass Mira Futter brauchte. Nun kam er doch nicht um seinen „Spaziergang" am Meer entlang herum. Erst mal zum Supermarkt und dann mit dem Bus in die Innenstadt, um im Zoogeschäft ein Katzenklo zu kaufen.

Vielleicht sollte er, bevor er losgeht, Manfred anrufen und ihn für einen der nächsten Nachmittage zum Tee einladen. Ohne den alten Freund wäre er schließlich niemals in den Besitz des Haifischzahns gelangt. Und der wirkte ja wirklich Wunder. Zudem hatte Manfred trotz seiner lockeren Art ein bisschen einsam und vernachlässigt auf ihn gewirkt.

Vergnügt dachte er darüber nach, dass Besuch zu bekommen für ihn ein Grund sein würde, mal wieder Ordnung zu machen und den Staubsauger aus seinem Dornröschenschlaf zu wecken. Über eine saubere Wohnung würde sich Mira, die ihn, sich das Fell putzend, etwas vorwurfsvoll angeschaut hatte, gewiss freuen.

Und bei einem späteren Gegenbesuch bei Manfred würde er sich dessen Computer zeigen lassen. Ihm wurde bewusst, dass er zum ersten Mal seit Langem Pläne für die Zukunft machte und sich nicht zurückträumte in die Vergangenheit. Lächelnd griff er nach dem sorgfältig in ein Taschentuch gewickelten Haifischzahn in seiner Hosentasche.

Gruß an Bord

An diesem Heiligen Abend freuen sich Ria und ihr Bruder Raimund ganz besonders auf die Sendung „Gruß an Bord", die in jedem Jahr am 24. Dezember ab 19.00 Uhr vom Norddeutschen Rundfunk ausgestrahlt wird. Es ist Tradition in der Familie, nach dem Singen unterm Weihnachtsbaum und dem Auspacken der Geschenke beim Abendessen mit den Grüßen von Seemannsfrauen und ihren Kindern in Gedanken zu den Seeleuten zu reisen, die fern ihrer Familien auch an den Feiertagen ihren Dienst an Bord versehen.

Die Geschwister sitzen gespannt vor dem Rundfunkgerät. Und endlich sagt der Mann im Radio das, worauf sie so sehnlich warten: „Herzliche Weihnachtsgrüße, verbunden mit dem Wunsch für eine gute Heimkehr, sendet ihrem lieben Sohn Walter Freloh seine Mutter Elsbeth. ‚Sei uns nicht mehr böse, lass alles wieder gut werden', schreibt sie. Der junge Mann fährt an Bord der …" Der Sprecher räuspert sich, bevor er sich entschuldigt: „Leider kann ich den Schiffsnamen beim besten Willen nicht entziffern. Er ist einfach zu verwischt." Dann fährt er fort: „Also, lieber Walter Freloh, wenn Sie uns jetzt – wo auch immer auf den Weltmeeren – hören, die Bitte der Mutter, den Eltern zu verzeihen, scheint mir doch außerordentlich dringend. Elsbeth Freloh hat sich für Sie das Lied ‚Junge komm bald wieder' gewünscht."

Während Freddy Quinn dramatisch und gefühlvoll die Sorge der Mutter um den Sohn auf See besingt, kneift Ria ihrem großen Bruder vor Aufregung und Freude in den Arm. Der NDR hat den von ihnen beiden heimlich verfassten und von Raimund säuberlich mit dem Füller geschriebenen Brief tatsächlich am Heiligen Abend in der Sendung „Gruß an Bord" gebracht. Und der Redakteur hat, ganz so wie sie es geplant haben, angenommen, dass eine Träne der Mutter dieses Walters den Schiffsnamen verwischt hat. Dabei wissen sie doch gar nicht, auf welchem Schiff der Sohn von Tante Freloh, der sie so gern helfen möchten, ihn wiederzufinden, unterwegs ist.

Nur gut, dass die Botschaft schon um kurz vor halb acht gelaufen ist, während die Mutter in der Küche das Abendessen vorbereitet und der Vater ihr zur Feier des Tages dabei zur Hand geht. Wahrscheinlich tut er das, weil er den Mixer ausprobieren möchte, den er ihr zu Weihnachten geschenkt hat.

Als die Eltern wenig später mit dem Kartoffelsalat, den Wiener Würstchen und der Apfel-Bananen-Nuss-Speise, die der Vater zubereitet hat, in das weihnachtliche Wohnzimmer kommen, spielt Ria mit Engelsmiene mit ihrer frisch eingekleideten Puppe, und Raimund lässt seelenruhig die neuen Wagen auf seiner elektrischen Eisenbahn durch Bahnhöfe und Tunnel fahren. Die beiden spielen ihr Lieblingsspiel: Artige-Kinder-Sein. Darin haben sie Routine. Alltags weckt das bei der Mutter meist den Verdacht, sie hätten etwas angestellt, doch heute sind die Eltern einfach nur glücklich, mit den Geschenken für ihre Kinder das Richtige getroffen zu haben.

Der Kartoffelsalat ist lecker und Würstchen mit Senf isst Ria besonders gern. Im Radio grüßen der kleine Uwe mit seiner Mutter Lotte den Vati Georg Hansen und die Mannschaft des Kutters Ingrid-Marie, der bei den Lofoten unterwegs ist, mit dem Lied „Süßer die Glocken nie klingen".

Lofoten, das klingt sehr weit weg, findet Ria. Schnell steht sie auf, um ihren Papi mal kurz zu umarmen, einfach, weil es so schön ist, dass er bei ihnen ist und nicht irgendwo in Sturm und Regen auf dem Meer.

Der Vater nimmt sein kleines Mädchen auf den Schoß und gibt ihm einen Kuss. Er freut sich genauso, bei seiner Familie zu sein und nicht da draußen auf einem Schiff.

So froh, wie man nur am Heiligen Abend sein kann, kehrt Ria auf ihren Platz zurück und lässt es sich schmecken. Derweil sagt im Radio eine Tochter namens Astrid, deren Vater auf einem Frachtschiff nach Amerika unterwegs ist, ein Gedicht auf: „Nun leuchten wieder die Weihnachtskerzen/ und wecken Freude in allen Herzen/ Ihr lieben Eltern, in diesen Tagen, was sollen wir singen, was sollen wir sagen?"

Das Gedicht kennt Ria, weil Raimund es vor der Bescherung aufgesagt hat. Als er es für die Schule lernen musste, hat sie es von ihm so oft gehört, dass sie jetzt mitsprechen kann: „Wir wollen euch danken für alle Gaben und wollen euch immer noch lieber haben." Verschmitzt schaut sie ihre Mutter an. Die ist so gerührt, dass sie nicht schimpft, obwohl Ria mit ziemlich vollem Mund gesprochen hat.

Lieder und Grüße im Radio wechseln sich ab. Während jemand der Besatzung des Rettungskreuzers Hermann Apelt wünscht, dass es über Weihnachten keinen Einsatz geben möge, wandern Rias Gedanken zu Tante Freloh und ihrem Sohn. Bevor er auf einem Schiff nach Amerika anheuerte, hatte er nach einem bösen Streit mit dem Vater gesagt, er würde niemals wiederkommen. Tante Freloh hat mit der Mutter darüber gesprochen, daher weiß Ria das.

Die Frelohs sind für sie wie Oma und Opa. Im Krieg ausgebombt, wohnen sie nun schon viele Jahre bei ihnen. Und jedes Mal, wenn ein Brief durch den Türschlitz auf die Fußmatte fällt, hofft Tante Freloh auf ein Lebenszeichen von ihrem Sohn, das spürt Ria. Sie findet es gemein, dass Walter seine Mutter so leiden lässt. Dass er womöglich keinen Gruß schicken kann, weil er schon tot ist, mag sie sich gar nicht vorstellen.

Abends, wenn sie im Bett liegt, hört sie durch die angelehnte Tür Tante Freloh, die im Nachbarzimmer an der Nähmaschine sitzt, manchmal leise singen: „Falle ich einst zum Raube empörtem Meer, fliegt eine weiße Taube von mir zu dir hierher-her-her ..." Dann wieder das gedämpfte Rattern der Maschine. Und fast schon wie ein Traum: „Auf Matrosen, ohé, in die wogende See. Schwarze Gedanken, sie wanken und flieh'n geschwind uns wie Sturm und Wind ..."

„Mein kleines Träumerlein", holt die Mutter Ria aus ihren Gedanken zurück an den weihnachtlichen Esstisch. „Magst du nicht die Nachspeise probieren, die Vati gemacht hat? Oder möchtest du lieber ins Bett? Du siehst ganz müde aus, und es ist ja schon bald neun."

Nein, natürlich ist sie überhaupt nicht müde. Am Heiligen Abend dürfen sie und Raimund doch so lange aufbleiben, wie sie mögen. Und von der Apfel-Bananen-Speise möchte sie gern eine große

Portion. Aber am allerliebsten möchte sie, dass all diese Väter, die im Radio gegrüßt werden, und auch dieser Walter Freloh von der wogenden See lebendig zurückkehren. Darüber kann sie mit niemanden außer mit Raimund sprechen.

Manchmal findet sie es richtig gut, so einen großen Bruder zu haben. Sie stößt ihn mit dem Fuß unter dem Tisch an und sie müssen beide so tüchtig über die gelungene Aktion lachen, dass die Eltern den Kopf schütteln.

Raimund will im neuen Jahr Pfadfinder werden, fällt Ria ein. Da muss man jeden Tag eine gute Tat tun, hat er gesagt. Sie ist sehr gespannt, wie er das machen wird. Vielleicht können ja auch Mädchen Pfadfinder werden, denkt sie. Und Gutes tun, kann sie auch so.

Draußen wird die Haustür aufgeschlossen. Herr und Frau Freloh sind von einem Heiligabend-Besuch bei Freunden heimgekommen, ihre Stimmen sind im Flur zu hören.

„Wollen wir sie hereinbitten?", fragt die Mutter. Und Raimund sagt pragmatisch: „Zu sechst ist es viel aufregender, ‚Mensch-ärgere-Dich-nicht' zu spielen als zu viert." Denn das steht jetzt auf dem Programm.

Der Vater schaltet das Radio aus und stellt zwei weitere Weingläser auf den Tisch. Ria ist schon im Flur, um Tante Freloh „Frohe Weihnachten" zu wünschen und Onkel Freloh natürlich auch.

Schlittschuhlaufen ohne Franziska

So blank und glatt hatte sie das Eis noch nie erlebt. In langen Schwüngen glitt sie über den großen See, fast als würde sie fliegen. Obwohl sie die Schlittschuhe erst vor einem Jahr zu Weihnachten bekommen hatte, fühlte sie sich sicher und genoss die Leichtigkeit, mit der sie sich fortbewegte, mit der sie unglaublich schnell vorankam.

Im hellen Sonnenschein des frühen Nachmittags lief sie auf dem fast drei Kilometer langen See weg von den Schlittschuhläuferinnen und -läufern, die sich im innenstadtnahen Teil tummelten, hinüber zur anderen Seite, wo hinter dem Deich ein Dorf lag, das allmählich mit der Stadt zusammenwuchs. Dort waren nur wenige Menschen auf dem Eis.

Schwungvoll wie eine Langläuferin fuhr sie an der schmalen, mit Buschwerk und Gesträuch bedeckten „Vogelinsel" vorbei, die den Blick auf den Grünstrand, an dem sie sich im Sommer mit Mitschülerinnen und Mitschülern zum Schwimmen traf, verdeckte. Ihr gefiel es, so allein dahinzusausen. Ein Gefühl von Losgelöstheit, von ungeahnter Freiheit hatte sie erfasst.

Sie schreckte auf, als jemand ihren Namen rief. Rolf, der in der Schule eine Klasse über ihr war, holte sie auf seinen Eishockeyschlittschuhen rasch ein. „Heute solo?", rief er ihr zu.

Über die offensichtlich rhetorische Frage musste sie lachen, denn sie ahnte, was er wirklich wissen wollte: „Franziska besucht mit ihren Eltern die Großeltern", antwortete sie. „Und bei den anderen aus der Clique wird es am ersten Weihnachtstag so ähnlich aussehen."

Rolf nickte nur und blieb an ihrer Seite, während sie unbeirrt weiterlief. Sie kannte ihn aus der Volkstanzgruppe der Schule, in der sie, als für ihr Alter recht großes und durchsetzungsfähiges

104

Mädchen, beim Tanzen oft den männlichen Part übernehmen musste, wenn zu wenige Jungs mittanzten. Viele fanden es affig, sich zu Musik zu bewegen, und anderen mangelte es an Mut. Nur weil Rolf ein guter Sportler war und in der Handballmannschaft der Schule unersetzbar, hatte er das Glück, keine hämischen Bemerkungen von Mitschülern fürchten zu müssen.

Als sie zu zweit das Ende des Sees fast erreicht hatten und sich Richtung Innenstadt umwandten, nahm sie wahr, dass der Wind sie die ganze Zeit vor sich hergetrieben hatte. Nun kam er ihnen entgegen. Das machte die Kälte spürbarer und kostete mehr Kraft.

Doch sie ließ sich nichts anmerken; es gefiel ihr, dass Rolf an ihrer Seite blieb, dass sie so schweigsam nebeneinander herliefen. Verliebt in ihn war sie nicht, aber sie mochte ihn, fand ihn nett und fand es irgendwie ganz wunderbar, jetzt nicht mehr allein zu sein auf dem Eis, auf das die schräg stehende Sonne einen rötlichen Schimmer warf.

Irgendwann begannen sie über Franziska zu sprechen. Offensichtlich hatte er sich in ihre Freundin verliebt. Und sie spürte, wie sehr auch dieser so selbstbewusst wirkende Rolf mit Hemmungen und Selbstzweifeln zu kämpfen hatte.

Sie hatten ein vertrautes und vertrauliches Gespräch geführt, bei dem sie mit Rolf viele Kilometer auf dem See hin und her gefahren war, mal mit dem Wind, mal dagegen an. In der dann irgendwann allzu rasch einsetzenden Dunkelheit hatte sie Mühe gehabt, ihre am Deich abgelegten Schuhe wiederzufinden.

An diesen ersten Weihnachtstag vor so langer Zeit musste sie denken, als ihr Bruder ihr mit der Weihnachtspost eine Zeitungsanzeige zur Goldenen Hochzeit der beiden schickte. Er war lange mit Rolf im Handballverein gewesen und wusste, dass sie während der Schulzeit mit Franziska befreundet gewesen war.

Womöglich hat die Begegnung auf dem Eis dazu beigetragen, dass die beiden zueinander gefunden haben, überlegt sie. Weihnachten, als Fest der Liebe, hat eben viele Gesichter. Daran, wie es damals mit den beiden weiterging, kann sie sich nicht erinnern – nur an die unglaubliche Leichtigkeit, mit der sie erst allein und dann neben Rolf über den See geglitten war.

Ihr fällt ein Hirnforscher ein, der einmal sagte, vor allem emotional bedeutsame Momente würden abgespeichert und könnten später deutlich erinnert werden. Und was als bedeutsam eingestuft wird, bestimmt eine innere Instanz, so wird ihr klar, ganz unabhängig von dcm, was der Kopf als bedeutsam einstuft.

Im neuen Jahr wird sie das Jubelpaar anrufen und zur Goldenen Hochzeit gratulieren. Schlittschuhlaufen mit dieser unglaublichen Leichtigkeit wird sie nun vielleicht auch öfter – in ihren Wachträumen.

Jeder Mensch kann eines Menschen Engel sein

In der festlich mit Tannengrün und Sternen aus Stroh und Goldpapier geschmückten Bibliothek des Seniorenstifts brennen am Nachmittag des 28. Dezember noch einmal die Kerzen am Weihnachtsbaum.

Bei Kaffee, Tee, Zimtsternen und Lebkuchen empfinden die um den Tisch versammelten Mitglieder des Gesprächskreises ein ganz besonderes Zusammengehörigkeitsgefühl. Denn statt zu zwölft, wie normalerweise, sind sie an diesem Tag zwischen den Jahren nur zu siebt. Die anderen verbringen die Feiertage in ihren Familien, bei den Kindern. Erst am Neujahrstag werden sie zurück sein.

Vor den Gedecken stehen kleine Engel. Offensichtlich haben sogar Lothar und Wilhelm, von denen die Damen es gar nicht erwartet hatten, Christinas

Wunsch, so einen Himmelsboten mitzubringen, beherzigt. Wilhelms Engel ist recht ungewöhnlich: Eingeschliffen in einen Glasquader, wird er sichtbar, wenn Licht durch das Glas fällt, wie die neben ihm sitzende Lissy bewundernd feststellt.

Nach der zweiten Tasse Kaffee eröffnet Christina das gemeinsame Gespräch, das den Plausch mit Tischnachbarn verstummen lässt. „Gabriel gilt als Engel des Morgenlichts und der frohen Botschaften", beginnt sie einen kleinen Vortrag. „Damit ist Gabriel auch der Verkünder der frohen Botschaft an Maria. Von ihm erfährt sie, dass sie einem Kind Gottes das Leben schenken wird."

Christina reicht einige DIN-A4-formatige Kunstdrucke in die Runde, die zeigen, wie unterschiedlich Künstler verschiedener Jahrhunderte sich Maria und den Engel der Verkündigung vorgestellt haben, und macht eine Pause, damit jeder die Bilder in Ruhe betrachten kann.

Als die Kunstdrucke bei Wilhelm ankommen, breitet er sie vor sich aus. Besonders bemerkenswert finden er und seine beiden Tischnachbarinnen das Ende des 13. Jahrhunderts in Rom entstandene Mosaik von Pietro Cavallini, weil Maria darauf aussieht, als sei sie schon schwanger. „Und der Gabriel wirkt auf mich wie ein geflügelter Briefträger", meint Sabine.

Wilhelm nickt: „Cavallinis Gabriel tritt bestimmend, männlich und forsch auf", sagt er. „Daran ändern selbst die großen Flügel nichts, zumal sie wie nachträglich angefügt aussehen."

Während die drei noch Verkündigungsengel aus dem 16. Jahrhundert betrachten, die eher sanft anmuten und recht weibliche Gesichter haben, setzt Christina ihren Vortrag fort: „Bei aller Schönheit der Darstellungen müssen wir bedenken, dass Engel eine Kraft zwischen Himmel und Erde sind. Sie haben keine materielle Gestalt. Als Vermittler zwischen dem Göttlichen und uns Sterblichen können sie in der Begegnung jede Form annehmen, um uns nah zu sein. Meist bleiben sie unseren Augen verborgen, doch wir können sie spüren. Und sie verleihen auch den von euch mitgebrachten Engelsfiguren die Kraft, euch zu unterstützen."

„Vielleicht erinnern sie uns mit ihrer Präsenz an unseren unsichtbaren Schutzengel", sagt Edith, und Christina merkt, dass es Zeit wird, das Wort abzugeben, weil genug Raum für die Geschichten zu den mitgebrachten Engeln bleiben muss.

Sie bittet den neben ihr sitzenden Lothar, vor dem ein Rauschgoldengel steht, zu beginnen. Der Engel mit seinen im Kerzenlicht glänzenden Flügeln, dem aufwendig plisseeartig gefältelten goldfarbenen Rock und einer Krone auf dem Kopf scheint wenig zu dem knorrigen, im Alltag oft unwirsch wirkenden Lothar zu passen. „Dieser Engel ist kurz nach dem Ersten Weltkrieg entstanden", berichtet er und hält das kleine Kunstwerk hoch, damit es alle sehen können. „Mit der Herstellung und dem Verkauf von solch traditionellem Christbaumschmuck wurden damals in Nürnberg Invaliden und Kriegswitwen unterstützt." Während er den Engel vorsichtig auf den Tisch zurückstellt, räuspert er sich, um dann fortzufahren: „Meine Großmutter war eine von den Kriegswitwen. Sie hielt ihre kleine Familie mit solchen Tätigkeiten über Wasser. Das bedeutete für meine Mutter und ihre beiden Brüder eine Kindheit in bitterer Armut." Seiner Stimme ist anzumerken, wie schwer es ihm fällt, Privates preiszugeben. Er fügt noch hinzu: „In unserer Familie wurde Großmutters Engel in Ehren gehalten."

Es ist still im Raum. Bisher hatten die anderen Lothar als schweigsamen Zuhörer kennengelernt, immer korrekt, ein wenig abweisend, so dass sich niemand an ihn herantraute, was ihm lieb zu sein schien. Nun hatte der Engel ihn an diesem Nachmittag zwischen den Jahren bewegt, den anderen ein Stückchen seiner Lebensgeschichte anzuvertrauen.

Christina nickt Edith zu. Die lässt sich nicht lange bitten, schiebt ihren Engel Richtung Tischmitte und dreht ihn hin und her, als wolle sie ihn in die Runde schauen lassen. Wirklich scheint es so, als blicke der kaum handgroße Sperrholzengel die Anwesenden mit den aufgemalten Augen wissend und gleichzeitig neugierig an. Auf den mit braunen Bindfäden angedeuteten Zöpfchen trägt er einen grünen Kranz mit kurzen silbrig schimmernden Lamettafäden, die im Licht glitzern. Das nachtblaue Sternenkleid ist auf den Körper gemalt und die weißen Flügel sind ebenso angeklebt wie die grüne Platte, auf der seine Beine stehen. Alles sehr einfach und rustikal.

Füße hat er nicht, denkt Lissy. Wozu auch? Er hat ja Flügel. Ihr gefällt das Bäuerlich-Kindliche an dem freundlichen Himmelsboten. Auf dem weißen Saum des Sternenkleides steht in Schreibschrift das Wort „Schutzengel".

„Er hat mehrere Schwestern", beginnt Edith ihre Geschichte. „Meine Freundin Clara hat all ihren Freundinnen und Freunden einen solchen Engel zu Weihnachten geschenkt. Das war, als sie wusste, dass sie – wenn nicht ein Wunder geschähe – bald an ihrer unheilbaren Krankheit sterben würde. Es geschah kein Wunder und sie starb im Februar des darauffolgenden Jahres." Um ihrer inneren Bewegung Herr zu werden, trinkt Edith einen Schluck des längst kalt gewordenen Kaffees.

Gefasst spricht sie weiter: „Es gäbe eine Menge von Clara zu erzählen, selbst wenn ich mich auf einen Aspekt, nämlich ein Engel für andere zu sein, beschränkte. Denn das war sie. Und das will in der Hauptschule eines viel zu großen Schulzentrums etwas heißen. Viele der Schülerinnen und Schüler haben mit ihrer Unterstützung einen guten Weg ins Leben gefunden. Und bis auf wenige, die mit ihrem Engagement nicht zurechtkamen, haben auch wir Kolleginnen und Kollegen sie geliebt. Immer fand sie die richtigen Worte, tröstete und vermittelte."

Edith hält inne. „Das klingt alles so blass für diese Frau, die als Konrektorin geniale Stundenpläne baute, Feste organisierte und mit einer Klasse als Englischlehrerin sogar das Shakespeare-Theater in London besuchte. Ihr war einfach nichts unmöglich."

Nach einer weiteren Pause fährt Edith fort: „Doch eigentlich wollte ich beschreiben, wie ich auf Claras Beerdigung und in den Monaten danach ihre Anwesenheit spürte. In diesem Zeitraum wendete sich in meinem Leben vieles zum Guten – es mag für einige von euch seltsam klingen, doch ich brachte es mit ihr in Verbindung."

„So als hätte sie für dich auf höherer Ebene ein gutes Wort eingelegt", sagt Bruni, die als ehemalige Gemeindeschwester einer katholischen Gemeinde zu den christlichen Heiligen ein geradezu verwandtschaftliches Verhältnis pflegt und offen für jede Art von Alltagswundern ist.

„Ja, vielleicht", antwortet Edith nachdenklich. „Auch wenn ich es selber nicht so formulieren würde. Auf jeden Fall denke ich an das tatkräftige und geerdete ‚Engelhafte' meiner Freundin, wenn ich den Engel auf der Fensterbank beim Lüften liebevoll zur Seite räume, um ihn danach auf seinen Fensterplatz zurückzustellen. Dort steht auch der Ständer mit dem Spruch einer anderen viel zu früh verstorbenen Kollegin: ‚Jeder Mensch kann eines Menschen Engel sein'."

„Es gibt Dinge zwischen Himmel und Erde, die sich rationalen Erklärungen entziehen", knüpft Lissy daran an. „Mein Angelito ist so winzig, dass ich ihn mal herumgehen lasse, damit ihr ihn überhaupt sehen könnt."

Sie legt dem neben ihr sitzenden Wilhelm ihr Engelchen in die geöffnete Handfläche und sagt: „Zweieinhalb Zentimeter ist er hoch und seine Flügelspanne misst zwei Zentimeter. Das habe ich vorhin nachgemessen. Er ist wohl aus Ton, und auch er sieht mit den aufgemalten blonden Haaren und dem langen hellblauen Kleid, unter dem helle Füßchen herausschauen, aus wie ein Mädchen mit Flügeln."

„Vergiss nicht das rote Herz, das er mit beiden Händen fast wie eine Einkaufstasche vor sich trägt", ergänzt Sabine, bei der die winzige Figur gerade gelandet ist.

Lissy lacht und sagt: „Trotz seiner geringen Größe war Angelito, so nenne ich ihn nämlich, stark genug, einen schweren Umzug zu stemmen. Und davon handelt meine Geschichte, die noch in der Zeit spielt, als ich gesund war und nicht ahnte, eines Tages in einem Rollstuhl zu sitzen. Mir war recht kurzfristig die Wohnung gekündigt worden und ich hatte beschlossen, diesen Umstand für einen Ortswechsel zu nutzen. Eine Liebesbeziehung war in die Brüche gegangen und in der Firma, in der ich arbeitete, war ich auch nicht glücklich." Lissy stellt den Engel, der seinen Weg von Hand zu Hand beendet hat, wieder vor sich hin.

„Tatsächlich fand ich eine neue Arbeitsstelle in einer Stadt, die mir zusagte. Doch mir fehlten die finanziellen Mittel für einen professionellen Umzug, und mit dem Partner hatte ich auch Freunde verloren, die mir hätten helfen können."

Die anderen spüren, wie Lissy in eine Situation eintaucht, die sie vor langer Zeit erlebt hat. „Auf dem Weg zur Arbeit machte ich einen Umweg, um am frühen Morgen ein Stück zwischen Gärten und Kopfweiden in der Natur zu sein. Dort begegnete mir oft eine ältere Dame, die ihren Hund ausführte. Eine Zufallsbekanntschaft, und vielleicht gerade deshalb hatte ich ihr meine Sorgen anvertraut. Am nächsten Morgen drückte sie

118

mir mit den Worten ‚Der wirkt Wunder!'
den kleinen Engel in die Hand." Lissy
schaut auf die Uhr und sagt erschrocken:
„Die Zeit läuft uns davon. Deshalb nur
noch so viel: Angelito wirkte Wunder.
Ich bekam von unerwarteter Seite Hilfe
beim Umzug und wurde in der Stadt, in
die ich zog, wieder richtig glücklich."

„Und wenn sie nicht gestorben sind,
dann leben sie noch heute", beendet Wilhelm Lissys Geschichte, um selber noch
zu Wort zu kommen. „Die Zeit an diesem Nachmittag voller Wunder ist wirklich allzu schnell vergangen, deshalb von
mir nur so viel: Meine Tochter schenkte
mir diesen geheimnisvoll in einen Glasquader eingeschlossenen Engel. Der
kaum sichtbare Geselle soll mich hier im
Seniorenheim beschützen. Ich bin sicher,
er hat mich mit euch zusammengeführt.
Und dafür bin ich dem Himmel dankbar!" Er schaut Sabine an, die vorletzte
in der Runde.

„Mein Herz gehört den von Paul Klee gemalten Engeln", sagt sie, „genial gezeichnete Strichmännchen mit Flügeln, die durchaus auch verzweifelt, ratlos und wütend sein können, so wie es ihr Schöpfer gewiss manchmal war und wie wir alle es hin und wieder sind. Ich habe eine Mappe mit Drucken seiner Kunstwerke mitgebracht, doch ich schlage vor, wir widmen auch den nächsten Gesprächskreis noch einmal den Engeln. Aber Sätze, die Paul Klee 1920 formuliert hat und die sein Sohn in seine Grabplatte meißeln ließ, die möchte ich euch gern noch heute mit auf den Weg geben."

Sabine setzt ihre Lesebrille auf und liest bedächtig und klar: „Diesseitig bin ich gar nicht fassbar/ Denn ich wohne grad so gut bei den Toten/ Wie bei den Ungeborenen/ Etwas näher dem Herzen der Schöpfung als üblich/ Und noch lange nicht nahe genug."

Der 70. Geburtstag oder Das Märchen vom hässlichen Entlein

Eine Wolldecke um sich geschlungen, sitzt er auf dem Balkon seiner Praxis im zweiten Stock des Ärztehauses und schaut in den Himmel über dem Fluss, wo Möwen durch das helle Grau des Februarhimmels segeln. Trotz der Touristenströme, die auch an diesem Vormittag hin und wieder tief unter ihm murmelnd vorüberziehen, liebt er sein Domizil in der Altstadt, mag die verwinkelten Gassen, die denkmalgeschützten schmalen Häuser, die alte Kirche.

Dankbarkeit erfüllt ihn. Seine Arbeit als Psychotherapeut wird gebraucht, und er macht gern weiter, obwohl er an diesem Tag siebzig Jahre alt wird. Seit dem altersbedingten Verlust der kassenärztlichen Zulassung behandelt er öfter Privatpatienten. Mit den dafür üblichen Honoraren kann er – ohne auf die Bezahlung zu schauen – Menschen betreuen, die ihm aufgrund seiner eigenen Lebensgeschichte besonders am Herzen liegen.

Vor Jahren hat Agnes ihm zum Geburtstag sechs Teelichter geschenkt und ihm vorgeschlagen, sehr langsam eins nach dem anderen anzuzünden, um sich bei jedem an etwas Besonderes aus den zurückliegenden Lebensjahrzehnten zu erinnern.

Er mag das Ritual, spürt allerdings das Bedürfnis, sein bisheriges Leben ohne Kerzenschein, assoziativ und ungeordnet, an sich vorüberziehen zu lassen, als Fluss, der ihn auf diese Insel getragen hat, auf der er ohne Angst und Einschränkung leben kann. Wissend um Gefährdungen, aber im Moment doch recht zufrieden, ja geradezu glücklich.

Auch in seiner Kindheit hat es schöne, friedliche Momente gegeben. Vor allem die Entdeckung eigener Orte hatte ihn tief in seinem Inneren froh gemacht. Wann er angefangen hat, diese Nischen und Winkel „eigene Orte" zu nennen, weiß er nicht mehr. Doch solange er denken kann, hat er sie gebraucht.

Als zweites Kind seiner alleinerziehenden Mutter ging er dem drei Jahre älteren Bruder fast instinktiv aus dem Weg, wenn es sich einrichten ließ. Das war ihm so selbstverständlich, dass es ihm selber erst auffiel, als er sich als Erwachsener mit seiner Kindheit auseinandersetzte. Auch im Kindergarten hat er ein Eigenleben geführt. Zu seinem Glück gab es eine Erzieherin, die seine Art zu schätzen wusste, der es gelungen war, ihn unauffällig vor Überforderungen, vor der Zudringlichkeit anderer Kinder, überhaupt vor Reizüberflutungen, abzuschirmen. Ute. Mit ihr hat er sich damals wie durch ein unsichtbares Band verbunden gefühlt.

Während seines Psychologiestudiums hat er die Telefonnummer dieser Ute herausgefunden und sie angerufen. Und sie hatte sich tatsächlich noch an ihn erinnern können. Sie sagte, seinerzeit hätte sie nicht von dem Phänomen Hochsensibilität gewusst, aber wohl ein Gespür für besondere Kinder gehabt, und zu denen habe er zweifelllos gehört. „Ich kann nicht alle Namen, Gesichter und Wesensarten von Kindern in mir speichern, die ich über die Jahre betreut habe“, hatte sie gesagt. „Doch dein Gesicht sehe ich noch vor mir, manchmal erschrocken, dann wieder strahlend vor Freude über ein winziges Schneckenhaus. Du brauchtest mehr Schutz als die meisten, andererseits beeindrucktest du uns alle immer wieder durch deine ungewöhnlichen Beobachtungen, durch das, was du sagtest und wie du es gesagt hast.“

Sie waren sich einig gewesen, beim Du zu bleiben, kannten sich ja kaum anders als mit dem Vornamen und dem Du. Die Erzieherin wusste noch so viele Details, hat von seinen Verstecken gewusst, im Baumhaus, hinter der Hecke und bei Regen in der Kasperlebude, wenn sie nicht benutzt wurde, in der Besenkammer und anderen Winkeln. Von dort hatte sie ihn unauffällig und absolut diskret zu Mahlzeiten oder zu Ausflügen geholt.

Das Telefonat hatte seine Erinnerung an diese Zeit wieder wachgerufen. Auch daran, dass er sich gefragt hatte, wie die anderen Kinder das Geschrei, den Lärm, den Krach, den sie oft veranstalteten, aushielten. Oder den Gestank, wenn in der Küche Milch übergekocht war. Ihn versetzte so etwas in eine Art Alarmbereitschaft. Das alles fiel ihm während des Gesprächs mit Ute wieder ein, und es war ausgesprochen wichtig für seine Selbstfindung gewesen.

Nach einem ganz normalen Tag im Kindergarten war er vor Erschöpfung auf dem Rücksitz im Auto seiner Mutter eingeschlafen. So etwas gab sie lachend bei Besuchen seiner Großeltern zum Besten. Dass er freiwillig vor der Zeit zu Bett ging, fand sie ebenso drollig und erwähnenswert. Er hat sich damals vorgeführt gefühlt. War es seltsam, sich vom Spielen mit den anderen Kindern ausgelaugt zu fühlen? Offensichtlich. Denn sein Bruder sprang nach den Stunden, die er in der Schule und im Hort verbrachte, durch die Wohnung, benutzte Sofa, Sessel und Betten als Trampolin, strotzte nur so vor überschüssiger Kraft.

„Bist du möglicherweise selbst hochsensibel?", hatte er Ute gefragt. Lachend hat sie geantwortet, dann wäre Kindergärtnerin wohl kein guter Beruf für sie gewesen. Wenn sie noch lebte, würde sie inzwischen über neunzig Jahre alt sein. Ein Gedanke, der ihn merkwürdig berührt.

Er schaut den Möwen zu, die über dem Fluss kreisen, und denkt darüber nach, wie entscheidend die Berufswahl für das Lebensglück ist. Das, womit jemand sein Geld verdient, muss zu seinen Stärken und Schwächen passen. So selbstverständlich das klingt, so schwierig scheint es zu sein, das zu verwirklichen. Wenn er sein eigenes Schicksal mit dem einiger Patienten vergleicht, kam bei ihm die Kurskorrektur noch gerade früh genug.

Voller Dankbarkeit denkt er an Menschen, die da waren, wenn er nicht weiterwusste, wenn er sich dem Leben nicht gewachsen fühlte, verzweifelt war oder beschützt werden musste.

Sein Eintritt in die Grundschule verschlimmerte die Probleme, die er vom Kindergarten kannte. Dort gab es keine Baumhäuser oder Kasperlebuden, in denen er verschwinden durfte, wenn ihm alles zu viel wurde. Stattdessen erwartete man Leistungen, die er in der Unruhe des Klassenraumes nur mit äußerster Mühe erbringen konnte.

Auch im Hort, in den er nach der Schule ging, fand er nicht die für ihn nötige Ruhe, um lernen oder abschalten zu können. Überall war es zu laut, zu hell, zu stickig und warm oder zu ungemütlich kalt, das Essen schmeckte zu salzig oder zu süß. Den Satz „Dir kann man auch gar nichts recht machen!" musste er sich oft anhören, bis er lernte, sein Missbehagen hinunterzuschlucken.

Heute weiß er, ihm fehlt eine Schutzhaut, ein Filtersystem für das, was auf ihn einstürmt. Alle Sinne sind etwas feiner als die der meisten seiner Mitmenschen. Jemand hat das mal mit einer Lupe, einem Vergrößerungsglas verglichen. Er sieht mehr, hört mehr, fühlt mehr, schmeckt mehr, ja er erschnuppert ein abgebranntes Streichholz in einer für andere unfassbar großen Entfernung.

Wie sollte er wissen, dass dieser wunderbare Reichtum anderen fehlt? Weil jeder sich erst einmal für normal hält, auch keinen anderen Maßstab hat als das eigene Empfinden, wunderte er sich über die Stärke und Ausdauer seiner Mitschüler, bemühte sich, so zu sein wie sie – bis er vor lauter Überforderung krank wurde.

Er kann sich noch genau erinnern, welch ungeheure Erleichterung er empfand, als er eines Morgens nicht wie sonst aufstand, sondern im Bett liegen blieb. Er fühlte sich zu krank, um an dem Wahnsinn, als den er die Schule empfand, länger teilzunehmen. Seine Energien waren verbraucht, guter Wille vermochte ihn nicht mehr aufrechtzuhalten. Kopf- und Bauchweh waren unerträglich geworden.

Wochen zuvor war sein Großvater gestorben. Die Beerdigung hat er vergessen. Nicht vergessen hat er, dass seine Großmutter anschließend für einige Zeit zu ihnen zog, um die Krankenpflege zu übernehmen. Sie war wirklich bei ihm, las ihm vor, hörte ihm zu. Und anders als seine ständig unter Strom stehende Mutter erkannte sie bald, worunter er litt, warum er so unglücklich war, was ihm Schmerzen verursachte. Nicht Faulheit oder Wehleidigkeit, wie die gestresste Mutter meinte, führten zu ungenügenden Leistungen, sondern Reizüberflutung in einer Welt ohne Rückzugsmöglichkeit.

Die Großmutter. Er mag sich nicht vorstellen, wie seine Schullaufbahn ohne ihren Einsatz verlaufen wäre. Beherzt hatte sie sich sie an den Klassenlehrer gewandt, und der bemühte sich, Schonräume für ihn zu schaffen. Sie konnte seine Not nachempfinden, weil sie wohl auch selbst hochsensibel war. Der Großvater hatte sie „Prinzessin auf der Erbse" genannt, ihr zu verstehen gegeben, sie sei überempfindlich und launisch, hatte gesagt, sie höre das Gras wachsen.

Tatsächlich hatte seine Großmutter Dinge wahrgenommen, die anderen verborgen bleiben, hatte den sogenannten siebten Sinn. Und genau wie er, hatte sie nicht das Gefühl gehabt, unnormal zu sein. Im Gegenteil, sie meinte, den anderen sei durch Zivilisation, durch Entfremdung, etwa durch maßlosen Konsum und exzessive Mediennutzung, etwas verloren gegangen, was eigentlich zum Menschsein gehörte. Oder die Sinne seien, wie beim Großvater, durch grobe

Arbeit abgestumpft. Er hatte starke Reize gebraucht, um etwas wahrzunehmen, so wie er mehr Salz als sie benötigte, damit ihm das Essen schmeckte.

Über solche Themen hatten sie sich ausgetauscht, als er alt genug dafür gewesen war. Durch sie erfuhr er, wie viel Freude es machen konnte, etwas zu lernen, etwas zu begreifen, sich Wissen anzueignen. An die angenehmen Stunden mit ihr zu denken, passt zum heutigen Tag, findet er und atmet tief durch. Die Luft ist frisch und kühl, aber nicht eisig. Er vergewissert sich mit einem Blick zum Außenthermometer. Es zeigt plus fünf Grad.

Durch die liebevolle Zuwendung der Großmutter vermochte er mit Rempeleien seiner Mitschüler, die wohl instinktiv seine Andersartigkeit wahrnahmen, besser umzugehen. Viele konnte er mit Freundlichkeit auf Abstand halten. Freundschaft schloss er eher mit Mädchen, was die Jungen seiner Klasse erst ab einem gewissen Alter tolerierten. Solange sie ihn nur hänselten und sonst zufrieden ließen, störte ihn das wenig.

Er zieht die Decke enger um sich, genießt es, unter freiem Himmel zu sein und Zeit für eigene Lebensfilme zu haben. Damals musste er lernen, sich zu schützen, Situationen zu meiden, in denen ihm Reizüberflutung zusetzte. Aus einer Disko, in die er mit einer Freundin ging, flüchtete er schon nach wenigen Minuten, fürchtete, von der Musik, die ihm wie ein Angriff auf sein Nervensystem erschien, erschlagen oder doch zumindest taub zu werden. Zurückgezogener, leiser, irgendwie unauffälliger als seine Altersgenossen, schlug er sich so durch. Vieles, was sie taten, erschien ihm sinnlos. Über das, woran er Freude hatte, konnte er nur mit wenigen sprechen, aus Sorge, ausgelacht zu werden.

Erst seit er Agnes kennt, weiß er, dass er von allem weniger braucht als andere, um glücklich zu sein. Vermutlich leuchtet für ihn ein Rasen grüner, duftet eine Blüte stärker, schmeckt eine Apfelsine intensiver, berührt ihn ein Bild oder Musikstück tiefer. Er braucht keinen Krimi, um Spannung zu empfinden, er spürt sie im Bus, bei der Arbeit, in der Familie, überall, wo Menschen zusammen sind. Negative Emotionen erreichen ihn ebenso ungefragt wie positive. „Du kannst riechen, wenn ein Streit in der Luft liegt", hat sein Bruder einmal gesagt.

Oft ist die Intensität seiner Wahrnehmung beglückend – in der Schule war es damit meist anstrengend. Auch mit seinem Sinn für Gerechtigkeit hat er sich dort nur wenige Freunde gemacht. Soweit er das beurteilen kann, war er in seiner Kindheit und Jugend hin und wieder glücklicher, aber häufig unglücklicher gewesen als die anderen. Glücklich mit sich allein, und allzu schnell gestresst in einer Gruppe, also in der Klasse und auf dem Pausenhof. An diese Orte erinnert er sich nur ungern. Unfassbar, denkt er, wie er mit dieser Veranlagung nach Schulabschluss freiwillig im Großraumbüro einer Versicherung landen konnte.

Vom Kirchturm schlägt es einmal, also erst Viertel nach, noch viel Zeit bis zum nächsten Patienten. Durch weiße Wolkenschleier lächelt ihm die blasse Februarsonne zu. Und seine Gedanken kehren zurück in diese von Ratlosigkeit geprägten Jahre. Mit einem überdurchschnittlichen Abitur suchte er sich seinerzeit einen gut bezahlten Ausbildungsplatz, wollte weg von zu Hause, endlich den eigenen Rhythmus leben, von der Mutter nicht länger finanziell abhängig sein. Während Mitschülerinnen und Mitschüler ein Studium begannen, entschied er sich für die Ausbildung zum Versicherungs- und Finanzkaufmann. Natürlich passten er und seine Art nicht zu dem, wie in der Versicherungsbranche gedacht und gehandelt wird. Auch nicht recht zu den Kollegen und Kolleginnen, die korrekt gekleidet und frisiert an ihren Schreibtischen saßen.

Nach einigen Monaten Büroalltag und Berufsschule war seine Schulter-Nacken-Muskulatur so verspannt, dass er sich selbst mit Kopfschmerztabletten nur selten beschwerdefrei fühlte. Gar nicht zu reden davon, wie unglücklich er war. Mit eisernem Willen hielt er bis zur Abschlussprüfung durch. Vor allem das ansehnliche Gehalt ließ ihn auch danach bei der Versicherung bleiben. Was hätte er denn sonst tun sollen?

Wie durch ein Wunder trat dann diese Frau in sein Leben, mit der sich alles ändern sollte. Ein Schadensfall in ihrer Praxis für Physiotherapie führte sie zusammen. Ihm wird bei der Erinnerung so warm, dass er sich aus der Decke schält.

„Am liebsten hätte ich dich gefragt: Wie hältst du das bloß aus? und hätte gleich mit der Arbeit an deinem grauslich verspannten Rücken begonnen", hat sie später gesagt. Als er sich vor fast vierzig

Jahren von der Kundin, die er auf Anhieb faszinierend fand, verabschiedete, gab sie ihm mit den Worten: „Kommen Sie doch am Montagabend wieder!" einen Flyer in der Hand. Es war die Einladung zum „Meditativen Tanzen", die er bis heute wie eine Reliquie aufbewahrt.

Er erinnert sich genau, wie seltsam er diese Bezeichnung fand, unter der er sich nichts vorstellen konnte. Meditieren, tat man das nicht sitzend am Boden? Und ein großer Tänzer war er bis zu diesem Zeitpunkt auch nicht. Agnes' Anziehungskraft war größer als seine Bedenken. Schließlich zählte er seinerzeit, vor so vielen Jahren, die Stunden, bis er diese Frau wiedersehen durfte.

Tut er das nicht heute noch? Freut er sich nicht schon jetzt darauf, sie am Nachmittag an seiner Seite zu haben, bei der ungewöhnlichen Feier, die sie für ihn vorbereitet? Das Märchen vom hässlichen Entlein will sie seinen jungen Gästen vorlesen. Und wenn die Kinder sich darin wiedererkennen und Feuer fangen, werden sie es mit verteilten Rollen spielen. Vielleicht darf ich der Bauer sein, der das Entchen, das eigentlich ein junger Schwan ist, aus dem Eis befreit, denkt er vergnügt.

Damals lernte er in der Gruppe von Frauen und Männern verschiedenen Alters an jenem denkwürdigen Abend seine ersten „Bachblütentänze" kennen. Ihm gefiel alles: die Musik, die blumengeschmückte Mitte, um die getanzt wurde, die Einfachheit der leicht erlernbaren Kreistänze, die ihn an Folkloretänze erinnerten, die eine Lehrerin in grauer Vorzeit mit den Schülern eingeübt hatte. Vor allem aber gefiel ihm die Harmonie zwischen den Teilnehmern und natürlich Agnes.

Ihn beeindruckte, wie leicht und locker sie ihm, dem völlig Ungeübten, das Zusammenspiel von Händen, Armen, Füßen und Beinen im Gleichklang mit den anderen vermitteln konnte. Und nicht zufällig fühlte er sich angesprochen von der Symbolik einzelner Schrittfolgen und Tanzfiguren, die sie in Beziehung zu den für ihn seinerzeit noch rätselhaften Bachblüten setzte. Ein paar Schritte rückwärts, ein gemeinsames Zur-Mitte-Gehen, ein Sich-auf-die-Zehen-Erheben, alles hatte eine Bedeutung.

Für seinen ersten Abend in ihrem Kreis hatte sie bewusst „Schutztänze" ausgewählt. „Aspen", die Ahnungs- und Mutmachblüte für allzu Dünnhäutige, die wie die Blätter der Espe bei jedem Windzug in Bewegung geraten. „Mimulus" für diejenigen, die von allem weniger verkraften als ihre Mitmenschen: weniger Lärm, weniger Aktivitäten, weniger grelles Licht. Erst als sie sich länger kannten, hatte sie ihm das verraten und lachend hinzugefügt: „Die gefleckte Gauklerblüte für den Kolibri, der sich oft fühlt, als sei er in einen Krähenschwarm geraten." Auch der Hornbeamtanz war dabei gewesen, der Hainbuchentanz, für ihn, den von Kopfarbeit mental Erschöpften. Das weiß er noch so genau, weil er die Blütenessenzen, auf die sich die Tänze beziehen, immer wieder einmal braucht.

Ihm ist bewusst, dass die Wirkung der Blütenessenzen nicht wissenschaftlich erklärbar ist. Und die der Tänze wohl noch weniger, denkt er amüsiert. Dennoch. Neben Agnes, die ihn mit der Vermutung konfrontierte, er könne hochsensibel sein, trugen Bachblütenenergien dazu bei, dass er den Mut aufbrachte, Psychologie zu studieren. Davon ist er überzeugt. Während eines Praktikums beschloss er dann, Psychotherapeut zu werden. Ein langer, oft harter Weg, von dem er im Nachherein keine Station missen möchte.

Inzwischen sind die Blütenessenzen auch aus seinem Berufsalltag nicht wegzudenken. Was Kollegen darüber sagen, interessiert ihn nicht. Er ist sicher, dass es für Menschen heilsam sein kann, selber

Verantwortung für ihren geistig-seelisch-körperlichen Zustand zu übernehmen. Ohne Frage brauchen viele dabei Hilfe, müssen sich dazu durchringen, sich selber besser kennenzulernen, vor allem müssen sie den Sinn ihrer Besonderheit verstehen, egal, ob bei ihnen mehr die Seele oder mehr der Körper betroffen ist.

Wenn er diesen mühsamen Prozess bei einem Patienten begleitet, hilft es ihm, sich daran zu erinnern, wie skeptisch er selbst war, wenn Agnes erklärte, die von dem englischen Arzt Edward Bach um 1930 ausgewählten Pflanzen würden „positive archetypische Seelenkonzepte" verkörpern, die helfen könnten, „disharmonische Seelenzustände" zu überwinden. Wenn sie davon sprach, dass ein gestörter Kontakt zum Höheren Selbst durch Bachblüten geheilt werden könne. Dem Terminus „Höheres Selbst" hatten sie abendelang, zum Teil recht kontrovers, nachgespürt.

Er denkt an die Kinder, mit denen er am Nachmittag seinen Geburtstag feiern wird. Die Idee stammt von Agnes. Und ihr Geschenk ist es, alles vorzubereiten und dabei zu sein, wenn er mit den drei Mädels und den beiden Jungs festlich begeht, dass sie alle hochsensibel sind. Für seine neun- bis zwölfjährigen Patienten war das bisher wenig Anlass zur Freude.

Vor seinem inneren Auge erscheint Nora. Ihre Eltern kamen mit ihr vor einigen Monaten zu ihm, weil sie sich trotz ihrer in einem Test bestätigten hohen Intelligenz in der Schule überfordert fühlte und oft so sehr weinte, dass sie kaum zu trösten war. In der Tat wirkte sie traurig, nicht zuletzt durch ihre schwarze Kleidung, von der die dunklen Ringe unter ihren Augen betont wurden. Möglicherweise sollte Schwarz ihr damals deutlich sichtbares Übergewicht kaschieren. Mittlerweile wirkt sie wie befreit. Nachdem sie gemeinsam mit ihm und ihren Eltern herausgefunden hat, dass sie zur

Gruppe der hochsensiblen Kinder gehört, purzeln die Pfunde, die sie sich angefuttert hat, vermeintlich um den Alltag besser durchstehen zu können, unbewusst wohl, um die fehlende Schutzhaut in ihrem Innern durch eine äußere zu ersetzen. Am Tag nach ihrem zwölften Geburtstag kam sie strahlend in die Praxis. Sie trug einen neuen gelben Pullover zur hellblauen Jeans. Und dunkle Ränder unter den Augen hat sie schon lange nicht mehr.

Auch beim neunjährigen Liam hat die Entdeckung, hochsensibel zu sein, wahre Wunder bewirkt. Das unwillkürliche Zucken in seinem Gesicht reduziert sich mit jedem Tag, an dem er es schafft, weniger Zeit mit Computerspielen zu verbringen. Seine Eltern hatten schon resigniert, nun übernehmen sie wieder Verantwortung, laufen Ski mit dem Jungen und freuen sich mit ihm über die Sonderzuteilung vom Schicksal. Und der zehnjährige Lasse überraschte ihn mit dem Satz, der irgendwie zu all diesen Kindern passt: Ihm sei ein Felsengebirge von der Brust gefallen, seit er wisse, was mit ihm los sei.

Inzwischen ist es Zeit, Teewasser für die Begegnung mit dem nächsten Patienten aufzusetzen, die Kirchturmuhr hat schon dreimal geschlagen. Es ist Viertel vor. Er reibt sich die kalt gewordenen Hände und fühlt sich so eins mit sich wie schon lange nicht mehr.

Über die Autorin

Renate Schoof, geboren in Bremen, lebt als freie Schriftstellerin in Göttingen. Nach einer Ausbildung im Buchhandel arbeitete sie als Dokumentarin bei der Deutschen Presse-Agentur in Hamburg; anschließend studierte sie Pädagogik und Germanistik und war neun Jahre als Lehrerin tätig. Von ihr erschienen bisher dreißig Bücher, u. a. die Romane „Blauer Oktober" und „Alle Wünsche werden erfüllt", das Sachbuch „Geheimnisse des Christentums – Vom verborgenen Wissen alter Bilder" sowie der Erzählband „In ganz naher Ferne" und mehrere Gedichtbände.

Im Verlag Butzon & Bercker sind die Erlebten Geschichten „Kirschen zum Frühstück", „Vergissmeinnicht und Gänseblümchen" und das Weihnachtsbuch „Großmutters schönstes Weihnachtsgeschenk" erschienen.

Weitere Informationen unter:
www.renateschoof.de